L'ENFER EST
À VOS PORTES

Philippe, séropositif

L'ENFER EST À VOS PORTES

Préfaces de Guy Gilbert et Yvar, prêtres
Postface du Pr. Henri Joyeux,
de la Faculté de Médecine de Montpellier

Collection
Écologie Humaine
dirigée par le Pr Henri Joyeux

O.E.I.L.
27, rue de L'Abbé-Grégoire
75006 PARIS

ISBN 286839 232 6

PRÉFACE

Philippe,

J'ai d'abord parcouru ton manuscrit en le survolant.

Puis je l'ai dévoré.

Comment ne pas entendre tes cris ?

— Ton cri d'enfant mal aimé d'abord.

Comme tu as raison de hurler que ces premiers dix-huit mois hors du nid familial t'ont brisé. Tes parents n'ont jamais su colmater la blessure qu'un enfant ressent quand il est décollé de ses géniteurs à la naissance. Ce cri-là sera entendu, j'en suis certain, par ceux et celles qui auront la chance de te lire.

— Ton cri d'adolescent,

qui, égaré à Cannes, a découvert le monde envoûtant et répugnant à la fois de ceux qui, ayant tout (le fric, la gloire, l'avenir assuré), pensent tout se permettre. J'ai accompagné durant deux ans un jeune qui s'y était perdu. Le Suquet, je connais. D'où ma tendresse immense pour toi, en me souvenant que, nuit après nuit, j'attendais cet adolescent parti en fugue de Paris, assis sur une borne près d'une fontaine. Pour lui dire simplement, quand il revenait de ses équipées nocturnes, que l'amitié est la plus grande chose au monde. « Qu'elle est la pureté qui manque à nos vies », comme tu le dis si bien toi-même.

— Ton cri d'adulte torturé dans sa chair.

Quand le corps, lentement, ne devient que machine à sexe, l'esprit et l'âme s'éteignent lentement. Tu expliques cela avec une verdeur incomparable. J'admire surtout ta miséricorde vis-à-vis du client qui te prend, te paie et te jette. Tu le devines mal baisé, et surtout mal aimé. Et, malgré ses perversions dingues, tu expliques et tu comprends. Tu dois avoir un sacré cœur pour aller si loin dans le cœur des gens qui n'ont cru qu'au sexe, et que tu dénudes grâce à une relation sexuelle faussée, qui n'est dans leur vie que ton cri : « Aime-moi pour moi. »

— Enfin, ton dernier cri sera entendu au-delà de ce que tu penses.

Ce cri apaisé, ce cri d'Amour vers Dieu où tu as tout ancré.

Je le sais depuis l'âge de treize ans où Dieu m'a envahi. Quarante-trois ans après, ce cri d'amour est le mien. Il m'a apaisé, consolé, provoqué à toujours aller plus loin au service des êtres blessés, comme toi, Philippe. Dans ta recherche insatiable d'amour qui est la tienne et qui est la mienne, la réponse est là, fabuleuse, pleine, entière, totale, définitive : Dieu est Amour.

J'ai hâte de te connaître, Philippe.

Parce que j'ai rencontré ce que tu as de plus grand, de plus beau et qui est invisible aux yeux. C'est la marque de Dieu en toi, qui t'aime infiniment et qui a guidé tes doigts pour nous écrire ces pages terribles et admirables.

Guy GILBERT
Prêtre Éducateur

AVANT-PROPOS

Sur le périph., il y a quelques années, J... me disait : « L'autre jour, je passais devant une église ouverte, je suis entré et j'ai communié... qu'en penses-tu ? Pour moi, c'était très important. » Comme beaucoup d'autres, Philippe a vécu aussi des moments très importants. Des temps forts où tout bascule. Aujourd'hui il nous livre son vécu, « son contrat de dix ans », peut-il dire après coup, cette expérience indélébile d'une tranche de vie qui fait mal ; il sait que beaucoup de compagnons n'ont pu le faire, ils nous ont quittés, soit volontairement, soit accidentellement, sans avoir eu le temps d'être connus, entendus, compris des autres.

Si Philippe s'adresse apparemment davantage aux jeunes dans la description de son enfance et du manque profond d'affection qui a provoqué la fugue avec toutes ses conséquences, il semble bien qu'il veuille lancer un cri, un appel à nous tous, pour nous obliger à revoir notre comportement, principalement au plan de l'éducation et de la formation, mais aussi dans la vie de tous les jours. Que veut dire : Respect de l'autre, l'Aimer, lui laisser sa Dignité ?...

C'est d'abord une révolte plus ou moins consciente, qui se situe à l'éveil de la vie, donc au cœur de la famille... et là, ce ne seront pas les analyses ou les traitements psy (même s'ils sont nécessaires dans certains cas) qui changeront la situation. Lorsque la famille ne remplit pas son rôle, tout sera bon pour quêter un peu de tendresse : la fugue...

Ils savent très bien qu'il y a en eux des aspirations vraies, des désirs profonds, une aspiration à la Vie malgré les désordres, une ESPÉRANCE qu'aucun système ne pourra détruire... Cela nous demande bien des nuances, du doigté et de la disponibilité vis-à-vis d'eux.

Peut-être peuvent-ils dire, à un moment donné, avec Paul Valéry : « Ce que j'ai de plus profond : une peau ! Oui, dans un sens, c'est à travers la peau que passent le sourire et toute la lumière de la tendresse... à condition que ce soit la peau revêtue de sa dimension humaine et promue à la dignité de sujet, la peau devenue visage et sacrement de ce moi nouveau, issu de la nouvelle naissance, qui consume le moi possessif et préfabriqué dont nous ne cessons d'être encombrés. »

Cette recherche de « sa vraie peau », c'est ce à quoi chacun aspire et, en particulier, tous les jeunes de notre pays qui fuguent et viennent s'agglutiner dans certains quartiers des grandes villes.

Le livre de Philippe, en retraçant très concrètement cette quête, est un appel à ce que l'on nomme la « prévention », qui ne se limite pas aux jeunes de moins de vingt-cinq ans ! En effet, le manque de maturité n'a pas d'âge...

La vie les a tellement traumatisés, le rétablissement par leurs propres forces, même s'ils sont épaulés, demande tant de temps et de patience... on ne mesure pas assez toute la responsabilité de la famille et de la société dans ce long chemin.

Lorsque Philippe nous parle de la prostitution, ce sujet bien connu et pas toujours bien analysé, il situe le problème du jugement que la société, que nous tous, portons sur les personnes. On aime tellement cataloguer les gens (en s'imaginant être soi-même à l'abri) que lorsque ceux-ci veulent changer de vie, même s'ils trouvent un travail et un logement (ce qui est très important), ils ne peuvent y arriver. Seule une relation vraie, désintéressée, un compagnonnage suivi, peuvent renforcer, en parallèle, les efforts de conversion considérable qui leur sont demandés.

La situation est la même avec les sortants de prison. Le jugement porté sur eux ne peut que les enfoncer. Bien souvent, on les montre du doigt au lieu de penser à leur reconversion, de même qu'on pense « punition » au lieu de « remise à niveau » pendant leur temps de détention. Comment permettre un nouveau départ à ces hommes ? Quel gâchis parfois ! Et souvent pire...

De même, Philippe, en parlant de la drogue, met en relief la disproportion entre les conséquences de la drogue et ses racines. Les conséquences ? Bien sûr, il-faut-la-prison-pour-le-drogué-ou-le-petit-dealer... mais alors, peut-on absolument remplir les prisons ? En tout cas, est-ce ainsi qu'on peut traiter le drame de ceux qui, perdant goût à la vie, se jettent par désespoir sur ce poison... que la société leur offre. Car voilà les racines ! Si nous le voulions vraiment... nous pourrions, par exemple, brûler officiellement sur la place publique ces produits de mort, qui font tant de ravages pour les uns, et qui en enrichissent d'autres... sans compter les connivences et les complaisances de « certains » commerçants ou médecins...

Et, là-dessus, vient se greffer le virus du Sida, dont Philippe nous parle presque discrètement. C'est le drame pour le fugueur, le SDF... un jour, à la suite d'un ennui de santé, l'analyse révèle qu'on a le virus... C'est bien enregistré dans la tête et ça n'en sort plus ; on garde son secret, avec ses propres pensées, noires le plus souvent quant à l'avenir, et puis on n'en parle plus, on ne veut pas se soigner. On vit le moment présent.

En suivant le cheminement de Philippe, on saisit bien comment certains deviennent « travestis » et l'on comprend mieux notre inconscience collective, notre laisser-aller, le commerce... avec le profit sur les corps : laboratoire, épilation, cachets, castration... c'est le marché libre !

Pour finir, je recopie ce texte de Maurice Zundel qui exprime si bien les exigences d'une Relation Vraie : « Si l'expérience de la vie échoue, je veux dire si, souvent, la vie des êtres les plus aimés nous laisse le regret d'une chose inaccomplie que nous n'avons pas suffisamment comprise, à la réalisation de laquelle nous n'avons pas suffisamment collaboré, c'est que, justement, la connaissance d'un sujet, d'une intimité, suppose l'enracinement de notre intimité dans celle d'autrui, une communauté d'âme, un échange si profond qu'il faut constamment s'ajuster au niveau, au secret de l'autre, constamment jeter du lest, constamment se dépasser pour être un espace assez grand pour l'accueillir. Si nous ne connaissons pas davantage les autres, c'est parce que nous ne devenons pas autrui, parce que nous sommes enfermés en nous-même, parce que nous ne savons pas nous déplacer. Alors l'autre se banalise, il prend cette figure sociale qui répond au personnage qu'il s'est forgé, au masque qu'il est contraint de porter. Nous n'allons pas au-delà, nous ne découvrons pas la source qu'il est appelé à devenir... parce que nous ne sommes dignes ni de la connaître, ni de la susciter. »

C’est bien vrai, nous balbutions dans notre essai de connaissance et de relation avec vous, jeunes et moins jeunes, à qui la vie n’a pas fait de cadeau !

Merci, Philippe, d’avoir eu le courage d’écrire ton livre pour éclairer l’autre, tous les autres.

Ivar

1

PIGALLE
SEPTEMBRE 1989

Depuis trois semaines, je touche le fond. Au sens propre comme au figuré ; je prends des cachets, je bois pour oublier mon état physique qui me préoccupe sérieusement. En effet, de jour en jour, je suis de plus en plus faible ; je tousse de plus en plus, je sens bien que, cette fois-ci, c'est le commencement de la fin. Pour ne pas trop y penser, je me laisse sombrer, doucement, lentement, pour occulter la fameuse échéance.

Pourtant je ne suis pas seul ; autour de moi des gens s'inquiètent et s'interrogent sur le meilleur moyen de m'aider. Parmi ces gens, il y a un prêtre qui habite ce quartier, un homme rodé aux différents problèmes que l'on peut rencontrer dans ce milieu bizarre qu'est le monde de la nuit. Drogue, prostitution, délinquance en tout genre, voilà son quotidien. Tous les marginaux du coin savent bien qu'Ivar répond présent quand les problèmes deviennent trop lourds à porter.

Mais pour le moment, par fierté, je n'ose lui demander de l'aide. Par peur aussi, car je sais bien que Ivar me dira sûrement que l'hôpital est la meilleure solution. Je n'ai aucune envie d'y aller car je connais le nom de ma maladie, il me fait peur, j'ai le SIDA ; et comme je n'ai aucune idée de l'exacte étendue de mon mal, j'ai peur de ne jamais ressortir de là-bas. Le SIDA fait peur, même, et surtout, dans le milieu que je côtoie. Trop de mes copains sont partis pour l'hosto et n'en sont jamais revenus. Hôpital signifie mouroir. Alors, comme beaucoup, je me persuade que, quitte à mourir, autant mourir en « liberté ». C'est idiot mais c'est ce choix-là que beaucoup font, par défi, surtout par désespoir.

Autour de moi une sorte de coalition s'organise. Parmi mes relations, beaucoup pensent que mon séjour en hôpital est la meilleure solution. A force d'en parler, on arrive presque à me persuader qu'en effet, cette solution est la meilleure ; de plus certaines personnes savent que j'ai de la famille en province et que, peut-être, la solution serait là. J'acquiesce, mais ce retour parmi les miens m'angoisse également. En effet, que leur dire après dix années passées à Paris, sans donner souvent de mes nouvelles et, surtout, pas beaucoup de renseignements sur mes activités (on comprend pourquoi !).

Alors puisque Ivar il y a, tentons le coup, on verra bien. Évidemment, comme toujours, tu me laisses libre de mon choix, du moins tu ne m'imposes rien. C'est que tu connais ton monde, Ivar ; tu connais notre acharnement à ne rien faire comme tout le monde, notre besoin de différence ; alors tu écoutes, tu ne prononces aucune décision trop brutale. Tu sais bien qu'il est dur d'envisager de quitter Pigalle, de laisser les copains de galère ; et puis tu sais aussi que les chances de réinsertion pour des gens tels que moi sont quasiment nulles. En effet, quel avenir pour un travesti qui n'a aucune expérience professionnelle hormis le commerce de son corps ? C'est l'échec assuré. Alors, petit à petit, l'idée de la famille fait son chemin ; tu vas demander à Diane, qui a le numéro de téléphone de mes parents, de voir de quelle manière je serais accueilli et, surtout, si mes parents seraient prêts à me reprendre parmi eux.

Diane, avec le punch qui te caractérise, tu n'hésites pas. Tu expliques à ma mère la gravité de mon état physique, tu lui fais comprendre l'urgence de prendre une décision et, surtout, tu lui demandes si elle est prête à me recueillir.

De cet entretien auquel je n'ai pas assisté, il ressort que mon retour n'est pas un problème et que l'on m'attend. Donc là, pas d'échappatoire; il faut que je me résigne à partir. Je n'ai pas le droit de décevoir ces gens qui ont tout fait pour m'aider, qui ont cherché pour me trouver la solution miracle, alors que pour certains l'avenir n'était pas rose non plus. Mes derniers jours à Pigalle, je les passerai à faire mes adieux à tout ce qui avait été mon quotidien depuis si longtemps, à tous ces copains de galère que j'allais laisser.

Ivar attendait que je me range à cette idée de départ; aussi, malgré la décision prise, nous n'en parlions pas, pour que je reste dans l'expectative quant à la date exacte de mon départ. Pourtant, un matin, après avoir assisté à la messe de groupe qu'il célébrait chez lui, il m'a tendu mon billet de train : le départ était pour midi le jour même. J'ai couru au café qui nous servait de Q.G., annoncer l'imminence de mon départ; je me suis fait sermonner : surtout ne pas déconner, bien prendre ce train, bien retourner chez mes parents, de ne pas gâcher la chance qui s'offrait à moi. J'ai bu une dernière fois avec eux, on s'est promis de ne pas se perdre de vue, de s'écrire, bref de ne pas s'oublier. L'heure est vite arrivée, départ gare de Lyon, adieu Paris, adieu Pigalle, adieu à vous.

2

RETOUR À BÉZIERS SITUATION PSYCHOLOGIQUE FACE À L'ENTOURAGE

Je suis arrivé en gare de Béziers, le 10 septembre 1989, vers vingt-trois heures. Ma première préoccupation fut de trouver une cabine téléphonique. Même si mes parents savaient que j'avais pris le train avec un billet pour Béziers, ils ne devaient pas être complètement rassurés. En effet, les rares fois où je les appelais de Paris et où je faisais allusion à un éventuel retour, ni eux ni moi n'y croyions vraiment.

Sans être complètement au courant de mes véritables occupations professionnelles, ils savaient tout de même que ces occupations n'avaient rien de bien légal ; aussi cela ne les aurait guère étonnés si je n'étais pas arrivé ce jour-là. Je crois que mes parents s'étaient faits à l'idée de ne jamais me revoir.

Quand j'ai composé leur numéro, j'avais le cœur qui battait la chamade. Quel accueil me serait réservé ? En effet, mon apparence physique n'avait plus grand-chose à voir avec celle que j'avais quand j'étais parti. Mes cheveux longs retenus en queue de cheval, mon jean noir qui accentuait encore plus ma maigreur, mon teint blafard, sans parler des injections d'hormones et de silicone, avaient considérablement modifié mon apparence.

J'appréhendais les retrouvailles. Quelle serait leur réaction en découvrant que leur fils n'était plus qu'un être asexué, une sorte de créature cauchemardesque ? De plus, il me semblait que tout ce que j'avais pu faire pendant ces dix années se voyait, se lisait sur moi. Et pendant cette absence, moi, je savais très bien ce que j'avais fait. J'éprouvais un sentiment de honte, de gêne. Mais puisque j'étais là, autant me lancer à l'eau, on verrait bien...

— Allô, maman, c'est Philippe. Je suis devant la gare, venez me chercher.

— Nous arrivons tout de suite, ton père a une GS grise, ne bouge pas.

Voilà, c'était fait. Je me sentais mieux, au moins je ne pouvais plus reculer. Et comme Ivar avait pris la précaution de ne me donner que cent francs, de toute manière j'étais bloqué, je ne pouvais pas faire machine arrière. Décidément Ivar connaissait bien son monde. Finalement j'ai aperçu la voiture décrite par ma mère. J'ai reconnu mon père, ma mère et, derrière, une de mes sœurs, mais laquelle ? En effet, lorsque je les avais quittés dix ans plus tôt, elles n'étaient encore que des enfants, et la silhouette que je voyais n'avait rien de celle d'une gamine. C'est ma mère, en descendant de la voiture, qui a fait les présentations : c'était A... la dernière de mes sœurs.

Comme prévu, j'ai bien vu que mes parents s'attendaient à tout, mais à ce point-là, certainement pas. Ils étaient accablés. Je n'en menais pas large. Le retour n'a guère été très loquace. Tout le monde essayait de réfléchir à l'attitude à prendre. De toute façon, il était trop tard, le moment n'était pas aux palabres, la nuit chasserait l'émotion. Il fut décidé que nous nous coucherions en arrivant et que, le lendemain matin, nous aurions une discussion.

Inutile de m'étendre sur le choc que j'ai eu en retrouvant l'appartement que j'avais quitté dix ans auparavant. Rien n'avait trop changé, je retrouvais le décor de mon enfance, j'avais l'impression de remonter le temps.

Le lendemain matin, mon impression de malaise s'est encore accentuée. Le bruit du petit déjeuner dans la cuisine, cette chambre où je me réveillais, alors que la veille j'étais encore à Pigalle... J'avais l'impression de me trouver sur une autre planète. Il a fallu que ce soit ma mère qui vienne me chercher pour prendre mon petit déjeuner, je n'osais pas me lever. Je savais qu'il allait y avoir cette fameuse discussion, et cela ne m'enchantait guère car je me doutais bien que j'aurais à répondre à des questions gênantes concernant mon passé. Je ne me trompais pas.

Sitôt le petit déjeuner pris, mon père m'a dit « qu'il fallait que l'on parle ». Sa principale préoccupation était mon apparence physique ; il ne pouvait pas accepter, vis-à-vis des voisins et du reste de la famille, que je conserve cette apparence féminine. C'était certainement normal mais, déjà, je refusais intérieurement cette éventualité. Pendant des années, j'avais tout fait pour effacer mon véritable sexe, revenir en arrière me semblait impossible. De plus, mon père craignait que je veuille continuer de mener une vie dissolue à Béziers ; mais cela, par contre, je n'y aspirais pas du tout, j'étais vraiment trop fatigué pour me remettre à mener une vie de noctambule. Et puis Béziers *by night* ! je me doutais bien que ce n'était pas le Bois de Boulogne.

Bien sûr, mon père m'a demandé si je continuais à me droguer. Heureusement pour moi, cela faisait déjà un petit moment que je ne touchais plus à l'héroïne ; tout au plus je prenais des cachets, de préférence des barbituriques, que je mélangeais avec de l'alcool. Et puis le sujet épineux a été abordé : est-ce que j'étais malade ? J'ai été obligé de reconnaître qu'en effet j'étais séropositif, mais j'ai essayé de minimiser les dégâts en disant que, comme la maladie n'était pas déclarée, je n'étais pas contagieux ; et je rajoutai même que les traitements proposés pour ralentir le virus, étaient bien souvent pires que le mal lui-même. Je me contentais en fait de répéter tout ce que j'avais entendu dire par mes anciens collègues qui avaient le même genre de problème que moi.

A ce moment-là, dans ma tête, il n'était pas encore bien net que je reste définitivement à Béziers. De plus, je ne voulais pas entendre parler d'examens, encore moins d'hospitalisation. Je pensais bêtement que mes parents allaient me garder chez eux en convalescence, qu'une meilleure alimentation, une meilleure hygiène de vie suffiraient à me remettre sur pied. J'avais une attitude irresponsable, j'en conviens ; beaucoup de mes anciennes relations auraient aimé avoir une famille comme la mienne, pour pouvoir repartir du bon pied. Moi, je ne voyais que les contraintes, que le côté négatif ; mon passé était encore trop présent pour que je renie ce qui avait été mon quotidien pendant si longtemps. Il est sûr que mon comportement n'arrangeait pas les choses ; même si je promettais de me « tenir à carreaux », mes parents n'étaient pas dupes. Heureusement, je pense que ma mère a deviné les différents conflits qui étaient en moi ; plutôt que de me brusquer, elle a préféré attendre et jouer la carte du temps. Elle pensait que, coupé de mon milieu, je finirais par comprendre que la vie que je menais n'en était pas une.

Et puis la Providence en a décidé autrement (à l'époque, la Providence, pour moi, c'était le hasard tout simplement). Je suis tombé en crise d'épilepsie à cause du manque de cachets, et mes parents ont appelé le médecin de famille. Le même qui m'avait soigné lorsque j'ai eu les oreillons et autre rougeole, quand j'étais enfant. Le pauvre homme eut du mal à me reconnaître, et il n'y est pas allé par quatre chemins : il fallait absolument que j'aille passer des examens à l'hôpital de Béziers et que j'y reste un petit moment pour pouvoir statuer exactement sur mon cas. Ma toux l'inquiétait beaucoup. J'étais bien incapable de donner une opinion quelconque sur le sujet, étant donné le brouillard dans lequel j'étais.

Mon père m'a donc amené aux urgences et, là, il a dû remplir les formulaires d'admission. Ce n'était pas chose facile car, depuis des années, je vivais sans papiers d'identité et n'avais aucune couverture sociale, mais mon père jurait qu'il allait faire le nécessaire pour régulariser la situation. Je n'avais aucune envie que mon passé soit étalé au grand jour ; je maudissais cette infirmière qui me regardait comme une bête curieuse et, surtout qui se voulait compréhensive : « Ah ! les enfants, on n'en fait pas toujours ce qu'on veut. » Mon pauvre père était bien placé pour le savoir.

Enfin, on m'admit au service des maladies infectieuses. Cette fois-ci, de gré ou de force, il me faudrait regarder la vérité en face. Mon père me promit que l'on viendrait me voir tous les jours, que c'était pour mon bien. Il me rassurait comme s'il parlait à un petit enfant. Je me sentais dans la peau d'un enfant que l'on calme en lui disant que c'est mieux ainsi, mais je détestais cette impression-là. Je crois qu'en fait, je refusais de m'avouer malade ; et puis je ne voulais pas devenir un assisté. Mon orgueil était encore bien présent, je refusais d'admettre l'évidence. Maintenant, avec le recul, je me dis que c'était de l'inconscience et que ma position était stupide, mais je mentirais si je disais que j'acceptais cela de bon cœur. La révolte était en moi. Je me sentais complètement paumé dans cet hôpital.

Les premiers examens ont été faits, il fallait bien sûr en attendre les résultats. D'emblée, par provocation, j'avais annoncé haut et fort que j'étais au courant de ma séropositivité. J'avais une attitude complètement infantile. De plus, j'avais du mal à accepter que l'on m'appelle « Monsieur ». Dans ma tête, j'étais encore Andress, et je ne supportais pas les regards étonnés des gens quand ils me voyaient me lever à l'appel de mon nom. De plus, pour passer les radios, il me fallait être torse nu, et mes seins, dus à mon traitement hormonal, se voyaient ; c'était toujours un sujet d'étonnement (cela se comprend). Je me faisais l'impression d'être un monstre.

Les résultats sont arrivés. Un matin, lors de la visite du médecin, j'ai appris qu'en effet j'étais bien séropositif, mais, en plus, on m'avait trouvé un début de tuberculose, et une syphillis. Cette fois-ci il fallait me rendre à l'évidence, je devais accepter cette hospitalisation. Et puis il n'avait pas été question de SIDA déclaré, alors je devais avoir une chance, à condition, bien sûr, d'accepter de me faire soigner. Il fut entendu que ma tuberculose serait soignée à Béziers, ainsi que ma syphillis, mais que pour ma séropositivité, je me rendrais à Montpellier en hospitalisation de jour (c'est-à-dire que je partirais en ambulance de l'hôpital jusqu'à Montpellier et que je reviendrais le soir à l'hôpital de Béziers, une fois mes examens sanguins terminés). Mon cas serait soumis à une Commission pour savoir si je pouvais bénéficier du traitement AZT.

Donc un ambulancier venait me chercher pour me conduire à Montpellier le matin de bonne heure, vers sept heures le plus souvent. C'est comme cela que j'ai rencontré Jacques, il était ambulancier et, un jour, c'est lui qui m'a transporté. Le courant n'est pas passé tout de suite. Je me montrais un petit peu provocateur avec lui. Je savais qu'il était au courant de ma maladie, et je cherchais à voir sa réaction sur le sujet. Je pensais que, comme beaucoup de gens, le mot SIDA lui faisait peur. En fait, de par son métier, il était habitué à transporter des personnes atteintes du même mal que moi, et cela ne l'effrayait pas du tout. Il m'a dit qu'il faisait partie du service évangélique des malades et m'a expliqué en quoi cela consistait (visite à des malades, réunion pour définir la place que doivent occuper les malades dans l'Église de nos jours). Jacques m'a expliqué que l'Église, loin de rejeter les malades atteints du SIDA s'intéressait au contraire de très près à ce problème, car elle était contre l'exclusion des malades tels que moi.

Tout cela m'intéressait, mais le seul lien que j'avais conservé avec la religion, c'était avec Ivar, à Paris. Ce qui fait que j'ignorais tout des prises de position de l'Église à ce sujet. Finalement j'ai abandonné mon côté provocant pour essayer de saisir tout ce que cet homme vivait avec apparemment tant de plaisir et tant de foi. La foi, moi, ne m'avait pas vraiment quitté complètement mais comme, pendant des années, je n'avais plus été à la messe, hormis de rares célébrations pour Noël, quand Ivar organisait un repas pour cette fête, tout cela était quand même un peu abstrait. Mais cela me donna matière à réflexion. J'avais conscience que, psychologiquement, j'étais faible, aussi je ne voulais pas trop m'avancer sur le sujet. C'est horrible de penser cela, mais j'avais peur d'une sorte de récupération. Je m'explique : le SIDA est une maladie très médiatique, c'est même la maladie à la mode pour certaines personnes attentives au côté lucratif (par le biais de quêtes, de créations de centre, ou d'organisation en vue de venir en aide aux malades) ; et puis il est de bon ton, de nos jours, de dire que l'on s'occupe de Sidéens.

Comme l'Église est souvent controversée sur ce problème (la position de l'Église sur les préservatifs) et que les médias en rajoutent un peu, il est normal qu'au départ je me sois un peu méfié. Heureusement, Jacques me fera rencontrer des gens merveilleux, qui s'occupent réellement des malades malgré leurs engagements religieux et, surtout, il me fera découvrir le véritable visage de l'Église par rapport à ce problème, loin de tout jugement, de toute condamnation, de tout rejet. Le SIDA n'est pas une punition divine, car Dieu est amour et ne ressemble en rien à un Dieu vengeur.

Mais, pour le moment, j'étais encore hospitalisé et ma rencontre avec Dieu ne se ferait que plus tard. Pour le moment, il me fallait peu à peu réapprendre à vivre normalement et réapprendre la vie en famille car, même si j'étais encore à l'hôpital, ma famille, comme promis, venait me voir. J'ai retrouvé mes sœurs, les deux qui n'étaient pas là lors de mon arrivée. Comme elles sont plus âgées que A... je pouvais discuter avec elles. Bien sûr, on ne parlait pas de mon passé, mais elles me parlaient de leur avenir respectif, de leurs projets. En les écoutant me parler comme si de rien n'était, on aurait pu croire que j'étais parti la veille. Ce climat positif, et leurs ambitions respectives, me plaisaient. Mes sœurs avaient un but et, loin de faire un complexe par rapport au gâchis qu'avait été ma vie jusqu'ici, j'avais enfin compris la bêtise de certaines de mes idées, la nullité de certaines de mes positions.

Ma mère venait également me voir tous les après-midi ; peu à peu, le dialogue se restaurait, même si ma mère n'est guère démonstrative sur le plan affectif, chose qui, enfant, me dérangeait beaucoup ; je comprenais que c'était surtout parce qu'elle était justement trop sensible qu'elle n'aimait pas extérioriser ses sentiments. Là je me suis rendu compte du mal que j'avais dû lui faire en partant. Je culpabilisais beaucoup, c'est ce qui a joué dans ma décision de faire une fois pour toutes une croix sur un éventuel retour à Paris.

Mon père, je le voyais aussi, mais il passait toujours en coup de vent, comme on dit. Il était toujours en train de faire la queue dans les divers organismes sociaux pour essayer de régulariser ma situation. Bien sûr, il était important de bénéficier des différentes couvertures sociales ; la situation financière de mes parents, sans être précaire, n'était pas non plus des meilleures, et ils n'auraient jamais pu faire face aux frais d'hospitalisation. Mais j'aurais aimé avoir un autre dialogue avec mon père. Nos rapports n'ont jamais été très bons, ça je le savais ; mais le dialogue nous était pénible, autant à l'un qu'à l'autre. Les choses n'avaient guère évolué...

Pendant deux mois, l'hôpital fut mon lieu de résidence. Malgré la gentillesse de certaines infirmières je préférais quand même rentrer chez moi. De plus, une hospitalisation n'était plus vraiment nécessaire ; j'avais commencé les divers traitements pour combattre les maux dont je souffrais. Mes parents n'étaient pas contre le fait que je rentre chez moi, maintenant qu'on avait bien expliqué à mon père que je n'étais pas contagieux, qu'il suffisait de prendre certaines précautions au sujet des rasoirs, par exemple, pour éviter tout risque de contamination en cas de coupure. Donc, chacun le sien.

3

ENFANCE
PROBLÈMES DE COMMUNICATION, CONTEXTE FAMILIAL

C'est sûrement dans la prime enfance qu'il faut veiller à ce que certains comportements de l'enfant et de son entourage direct ne le prédisposent à devenir une victime de la pollution du cœur et, de ce fait, de son amour. Il y a, tout comme certains sites ou terrains, des enfants qui sont, d'une manière ou d'une autre, propices à cette pollution. Un dialogue franc, une discussion simple et suivie, des explications sur certains événements devraient aider l'enfant à comprendre le pourquoi et le comment de certaines choses qui le dépassent un peu ; s'il n'y a pas cet échange, l'enfant analysera à sa façon les événements familiaux qui le troublent. Cela deviendra par la suite des souvenirs que l'enfant se sera créé de toutes pièces ; si on ne le corrige pas sur l'inexactitude desdits souvenirs, l'enfant ne vivra plus que dans un monde d'où il a exclu certaines personnes de son entourage, et organisera à sa manière ce qui n'est pas un jardin secret mais plutôt un monde du silence qui, avec le temps, se refermera de plus en plus.

En ce qui me concerne, jamais je n'ai bénéficié d'un dialogue explicatif sur les premiers mois de ma vie, que je n'ai pas passé avec mes parents. Pourtant, au départ, les choses paraissent simples. Mes parents travaillaient dans la capitale, ils étaient tous les deux postiers. Ils s'étaient connus puis aimés, jusqu'à s'unir l'un à l'autre. De cette union, je fus le premier enfant, une sorte de concrétisation logique à leur amour. Comme ils habitaient à l'époque une simple chambre de bonne, il est sûr que la venue d'un nouveau-né aurait causé quelques problèmes, vu la superficie des lieux. Le fait que ma mère travaille ne simplifiait pas les choses. A qui me confier pendant son absence ? Aussi ma mère décida d'accoucher dans sa petite ville natale, dans le Tarn-et-Garonne, et de me confier à ses parents, le temps que la situation s'améliore à Paris, le temps, entre autres, de trouver un logement plus grand.

C'est donc mes grands-parents qui, pendant dix-huit mois, se sont occupés de moi. Dix-huit mois, c'est court mais c'est suffisant pour s'attacher à une grand-mère et à un grand-père encore jeunes : ils avaient une cinquantaine d'années. Malgré les séjours de ma mère pendant ses congés, et les visites plus rares de mon père qui faisait des heures supplémentaires, en travaillant de nuit pour hâter ce fameux déménagement, je ne faisais pas très bien la différence entre cette femme jeune qui était ma mère et cette grand-mère que je considérais aussi comme une mère. En ce qui concerne mon père, à mes yeux, ce monsieur que je voyais relativement rarement était plutôt mon grand-père. Déjà un certain méli-mélo s'était créé dans ma tête. Mais, comme on estime que les enfants, à cet âge-là, ne peuvent pas comprendre ces choses, on juge inutile d'essayer de leur expliquer qui est qui. D'ailleurs, pourquoi expliquer, alors que la mère récupérera son enfant sous peu et que les choses rentreront dans l'ordre d'elles-mêmes ?

Grave erreur car, quand mes parents m'ont ramené en banlieue parisienne où ils avaient enfin trouvé un appartement plus approprié à leur état de parents, moi, j'avais ressenti cela comme un vol et je ne vivais plus que dans l'espoir des vacances qui me permettraient enfin de retourner chez mes grands-parents. Les contacts avec ma mère étaient pourtant simples. Elle se consacrait totalement à moi, mais je faisais toujours un parallèle entre la façon dont elle faisait les choses et la façon dont ma grand-mère les aurait faites. Inutile de préciser qu'à mes yeux, ma grand-mère les faisait beaucoup mieux. Quant à mon père, c'était lui qui avait trouvé cet appartement et qui, de ce fait, était responsable de mon départ de chez mes grands-parents. De plus, je n'ai vraiment pas un souvenir de dialogue ou de complicité avec lui. Peut-être est-il vrai que je ne le provoquais pas non plus car, à mes yeux, il n'était pas le fils de mes grands-parents ; c'était une pièce rajoutée à cette famille que je vénérais. Ses parents, je ne les ai connus qu'à l'âge de cinq ans ; évidemment je devais les avoir vus avant, mais mes premiers souvenirs datent de cette époque-là. Car, à cinq ans, se sont produits deux événements marquants pour moi : le premier, c'est la naissance de ma sœur, chose que j'ai accepté très bien, vu que c'était ma mère qui allait avoir cet enfant et non ma grand-mère. Le deuxième événement, c'est le départ de Paris pour aller s'installer à Béziers et se rapprocher de la famille de mon père, mes autres grands-parents...

Évidemment, eux non plus ne supportaient guère la comparaison avec ma chère Mérotte, c'est le nom que je donnais à ma grand-mère maternelle, et à mon Bon Papa, surnom de mon grand-père. Les autres, c'était simplement Papi et Mamie, et leur comportement à mon égard différait de celui dont j'avais eu l'habitude. Je n'étais plus le point de mire et l'objet de toutes les attentions. Ce n'était pas non plus ma sœur, encore moins ma mère. J'avais pris conscience que certains problèmes existaient entre ma mère et ses beaux-parents ; ma mère n'était-elle pas le fruit de la chair de Mérotte ? Alors je rayais volontairement ces gens de ma vie et, par la même occasion, exit également mon père. Il n'est pas démonstratif, paraît-il (plus tard il fera son mea-culpa), mais l'aurait-il été, est-ce que cela aurait changé quelque chose ? Le ver était dans le fruit, et il y restera longtemps.

Pourquoi ne m'avoir jamais dit « je t'aime » ? Pourquoi ne t'être uniquement occupé que de mes bêtises ? Pourquoi avoir à plusieurs reprises rabaissé ma grand-mère en disant à ma mère : « Voilà ce qu'on en a fait chez tes parents, il n'écoute rien, il n'en fait qu'à sa tête », etc. ? C'était de la provocation. C'était ma première rébellion et, au lieu de signer la trêve, toi, tu as entretenu cette guerre d'usure. Je ressourçais mes griefs pendant les vacances que je passais à l'ombre de mes grands-parents, et toi, au lieu d'être présent, tu préférais rester auprès de tes parents. Ton absence ressemblait à une fuite. De plus, c'est toi qui venais nous chercher à la fin des vacances. Le jour du départ était un moment terrible ; encore maintenant ce souvenir est vivace : chaque fois que je pars de chez mes grands-parents, même si je ne pleure plus, j'ai toujours mal, je revis ma déchirure.

Bien sûr, comme tous les enfants, j'allais à l'école maternelle. Cela ne me plaisait pas trop, j'avais l'impression de faire des choses trop simples à mon goût, mes petits camarades me paraissaient trop « bébés », non que j'aie le profil d'un surdoué mais je savais déjà la lutte, le mensonge... Je n'étais pas révolté, je n'aspirais qu'à une chose : retourner chez mes grands-parents. Alors les dessins et les jeux de cubes, excusez-moi mais je m'en moquais. Le reste de ma scolarité est à l'image de mes premières années d'école. « Élève doué mais peut mieux faire. » De plus, avec l'âge, je saisissais mieux les différents conflits qui existaient entre mon père et ma mère, conflits mineurs certes, mais auxquels j'assistais ; cela me persuadait que ma mère n'avait pas fait le bon choix (ceci, évidemment, n'engage que moi).

Avec ma mère, les rapports étaient aussi ambigus ; j'avais l'impression qu'elle ne savait pas trancher, qu'elle ménageait, comme on dit, la chèvre et le chou. J'aurais voulu qu'elle fasse une action d'éclat, qu'elle quitte mon père et qu'elle parte, bien sûr, chez mes grands-parents où il était indéniable à mes yeux que j'aurais une meilleure vie. Maman, pourquoi ne m'as-tu pas fait comprendre plus tôt que tu m'aimais, que tu étais le lien avec Mérotte ? Si tu m'avais expliqué un tant soit peu que tu aimais mon père, qu'un enfant n'a pas à s'occuper de choses de ce genre, peut-être que ma vie d'adulte en aurait été changée ; moi je t'aimais, je t'aime encore, et ce satané dialogue qui ne s'instaure pas...

Mon exemple, je crois, prouve l'importance du dialogue entre parents et enfants. Au lieu de tous ces griefs que chacun gardait pour soi, pourquoi ne pas avoir provoqué la discussion ? Qui sait ? Cela aurait peut-être marché ?

4

DÉCOUVERTE DE LA SEXUALITÉ PROBLÈMES FAMILIAUX, ABSENCE DE DIALOGUE, BESOIN DE SE SINGULARISER

Au fil du temps, les relations avec mon père ne se sont guère améliorées, bien au contraire ; elles n'ont fait que se dégrader, faute de discussions, d'échanges. Mon rejet de lui, faute d'avoir été « corrigé », nous a menés à une guerre d'usure, une sorte de guerre des nerfs, sournoise, un peu comme un ver prend possession d'un fruit et le gâte lentement mais sûrement. L'absence de contact amène une sorte de putréfaction des rapports, et cette gangrène pourrit tout échange affectif.

Je reconnais volontiers que, de mon côté, je ne tentais pas trop d'enrayer le fléau. A mes yeux, mon père était responsable de tous mes maux et de ce mal de vivre qui commençait déjà à poindre. Je n'avais toujours pas pardonné cet « enlèvement », ce vol d'amour, et mon père savait pertinemment que la période passée chez ma grand-mère maternelle correspondait à ce problème de communication entre nous. Je ne ratais pas une occasion de le lui faire sentir et, au lieu de m'expliquer que, certes, c'était très bien d'entretenir des relations affectives fortes avec mes grands-parents mais que le fait d'avoir un père pouvait aussi, même maladroitement, me procurer cette affection, eh bien non ! Il préférait jeter la pierre à mes grands-parents, en critiquant leur attitude à mon égard. D'ailleurs, pour lui, tous mes défauts venaient du fait que, selon sa propre expression, on m'avait trop couvé, on avait trop tenu compte de ce qu'il appelait mes états d'âme.

Il me répétait sans arrêt que j'étais maladroit, tête en l'air et, pour résumer, que je ne faisais attention à rien. Comme je savais son regard toujours porté sur moi, je perdais contenance très vite et, du coup, il marquait un point car, ne sachant plus qu'elle attitude prendre, je finissais par laisser tomber l'objet que je tenais dans les mains. Je n'étais peut-être pas très adroit, mais il m'a rendu carrément maladroit. Il me reprochait une trop grande sensiblerie, qu'il mettait sur le compte de la fréquentation trop importante des membres féminins de ma famille maternelle ; ce qui fait qu'à chaque réprimande, au lieu de pouvoir me justifier ou m'expliquer, je ne trouvais plus les mots et, du coup, je fondais en larmes. Analyse paternelle : « Une vraie gonzesse, on ne peut rien lui dire... » Ma mère essuyait aussi les remontrances paternelles : « Voilà ce que tes parents en ont fait ! » Que pouvait-elle lui répondre, écartelée entre son mari et son fils, servant toujours d'arbitre, d'avocat, entre les deux parties ?

Ma mère aussi avait droit à son lot de griefs. Il l'accusait devant nous d'avoir des goûts de luxe et, évidemment, cela venait aussi de ma grand-mère. Inutile de dire que quand j'entendais parler ainsi de celle que j'appelais Mérotte, la rage m'envahissait : qui était-il pour juger ainsi celle que je sublimais ?

De plus, le penchant que mon père avait pour la boisson à cette époque-là n'arrangeait pas les choses, mais il m'était difficile de percevoir son alcoolisme comme un appel au secours. Selon l'image que j'avais de lui, c'était tout simplement de la faiblesse, et puis pourquoi aurais-je essayé de le comprendre ? Est-ce qu'il essayait, lui, de comprendre les différents conflits qui m'habitaient ? Toute cette rancœur rentrée, tout ce mépris, auraient sûrement disparu si seulement l'un de nous avait fait la trêve et avait engagé le dialogue. Mais nous nous étions accommodés de cet état de chose, et rien ne fut tenté pour y remédier.

Je voudrais parler de ma mère, car je pense qu'il est important de connaître l'image que j'avais d'elle à l'époque. Je l'admirais et je ne comprenais pas comment, un jour, elle avait pu aimer et épouser cet homme que je rendais responsable de tous mes maux. De plus, je voyais bien qu'elle n'était pas très heureuse, et que, souvent, elle préférait se taire plutôt que d'essayer de se faire comprendre, non pas par peur, ni par indifférence mais, je crois, plutôt par lassitude. J'aurais aimé qu'elle tranche dans le vif, qu'elle crève l'abcès, une bonne fois pour toutes, entre mon père et moi. Disons plus franchement : qu'elle choisisse entre lui et moi. Dans ma tête, si elle quittait mon père, une seule issue se présentait à elle : retourner chez mes grands-parents et, de ce fait, m'emmener avec elle chez Mérotte. Pourtant mes parents devaient bien s'entendre puisque j'ai eu deux autres sœurs. Alors, de grâce, au lieu de vous « bouffer le nez » en notre présence, si au moins vous nous aviez montré votre amour, peut-être aurais-je ressenti différemment votre relation.

Un enfant, c'est comme une éponge, ça s'imbibe du climat ambiant, et si l'on ne prend pas la peine de lui expliquer la raison de tel ou tel malaise, forcément il fera des déductions lui-même, il verra bien que quelque chose ne tourne pas rond, et il rendra quelqu'un responsable, en l'occurrence le père ou la mère. Pour moi, c'était lui...

Dans ce contexte, question affection, on en prend un sacré coup, et on est amené à chercher un palliatif à ce manque affectif. Pour moi, c'était l'école. Je m'amusais à l'école, je faisais le pitre pour décompresser. Au moins, mes camarades m'appréciaient pour mes singeries. Inutile de préciser que mes résultats scolaires s'en ressentaient... et cela n'arrangeait évidemment pas mes rapports familiaux. On tournait en rond.

Du coup, une certaine révolte s'était installée en moi, je cherchais une voie d'issue, une échappatoire. J'ai commencé par chercher à me singulariser, à me mettre hors norme, être différent pour qu'enfin on me remarque. Mon père doutait sans arrêt de ma virilité et il ne s'en cachait pas. Bien des fois je me suis entendu dire que je n'étais pas normal, que j'étais pédé. Du coup : eh bien ! pourquoi pas ? Je commençai à lire des auteurs aux vies sulfureuses et aux amours ambiguës. Je me retrouvais dans ces hommes tourmentés et je me disais qu'après tout, ils avaient raison de vivre différemment puisqu'ils étaient rejetés.

Je rentrais au C.E.S. et, là, j'allais être confronté aux différents problèmes que traversent les adolescents. Tout comme à l'école primaire, je me trouvais décalé par rapport à mes camarades de classe. Leurs soucis me semblaient bien puérils, et j'ai alors pris l'habitude de fréquenter « les plus grands », ceux des classes supérieures. Ma scolarité n'avait rien de bien reluisant, mais elle n'était pas nulle non plus. J'avais des possibilités, comme on dit, mais je ne les exploitais guère, préférant comme toujours faire le clown plutôt que d'étudier... A cette époque, j'avais deux amis, une fille et un garçon, que je connaissais depuis la maternelle mais, même à eux, je ne confiais pas la totalité de mes soucis. Bien sûr ils savaient que chez moi l'ambiance n'était pas au beau fixe, mais je n'aimais pas trop m'étendre sur le sujet. Comme à l'accoutumée, je préférais la compagnie des filles à celle des garçons ; cela donnait lieu à des commentaires assez désobligeants mais, tout comme pour mon père, j'adoptais une attitude provocatrice vis-à-vis de ces racontars et je ne faisais rien pour les démentir. Déjà, je cherchais à noyer mon spleen derrière un masque, une personnalité ambiguë et, somme toute, c'était assez payant puisque les autres garçons finirent par me ficher la paix. De plus, les filles recherchaient ma compagnie, non par envie physique mais, tout simplement, parce que j'avais un autre langage que les autres garçons, et elles aimaient bien avoir mon avis sur certains trucs.

En parallèle à mes activités scolaires et à mes problèmes relationnels avec mon père, je penchais de plus en plus pour tout ce qui sortait de l'ordinaire. Même si l'époque des hippies touchait à sa fin, j'étais très attiré par tout ce qui était philosophie hindouiste. Pourquoi pas ? C'était encore un « plus » à ce personnage que je me fabriquais. Époque patchouli baba cool, je vivais en différé mon mai 68. Bien sûr je ne poussais pas le bouchon trop loin, car je ne tenais pas à entrer en conflit avec mon père, mais cela n'empêchait pas que j'entende des réflexions du genre : « Il est à l'âge con » (pas bête, j'ai bien dit « con »). « Cela lui passera. » Le climat s'alourdissait de jour en jour. Et tout ça pourquoi ? Par manque de dialogue, par ignorance des choses élémentaires sur la sexualité, par besoin d'amour, tout simplement. Mon mal de vivre était en train de devenir mon mal d'aimer. Je m'enfermais de plus en plus dans la lecture d'ouvrages polémiques, certainement pas adaptés à mon âge mais où j'avais trouvé une certaine similitude avec mes problèmes, du moins j'essayais de m'en convaincre. Cela donnait un certain « intellectualisme » à ma sexualité ambiguë. De surcroît, les différents articles traitant de ces gens, sublimaient leur homosexualité et j'associais homosexualité et génie, drogue et talent. Autant de clichés que je « gobais » et qui ne faisaient qu'aggraver mon besoin de provocation ; je me voulais un être d'exception.

Être homosexuel, pour moi, c'était être marginal, c'était rejeter la routine ; la routine, pour moi, c'était la famille. L'acte homosexuel, par contre, m'était inconnu. C'est lors de vacances scolaires que je l'ai découvert, à l'âge de douze ans, avec un homme d'une trentaine d'années. Mais n'anticipons pas. Ma découverte de la sexualité, c'est d'abord au travers de photos que je l'ai faite. Des photos pornographiques que mon père cachait dans un placard et sur lesquelles j'étais tombé par hasard. Ces photos montraient des couples en train de mimer l'acte sexuel à deux ou à plusieurs ; c'est à cause de ces photos que j'ai découvert la masturbation, et pour moi la sexualité s'arrêtait à cela, car je n'ai pas reçu d'éducation sexuelle de la part de mes parents. A l'école, c'étaient les débuts de l'éducation sexuelle et ce n'est pas avec ce que l'on nous disait que j'aurais pu comprendre grand-chose.

Un jour, je prenais ma douche et mon père est rentré par inadvertance dans la salle de bains ; quand il est arrivé à la cuisine où ma mère se trouvait, je l'ai entendu lui dire : « Ça y est, il est formé, peut-être qu'on aurait dû s'en occuper ? » L'intention était louable, mais cela resta à l'état de projet et, par la suite, rien n'est venu combler mon ignorance en la matière...

Donc, lors de vacances scolaires, j'ai découvert la perversité et l'embryon de ma future sexualité. Un monsieur très gentil, très poli, bien sous tous rapports, comme on dit, travaillant aux P. et T. (mon père aussi y travaillait) m'a invité à prendre un verre chez lui. Comme je n'avais que treize ans, c'est de la grenadine qu'il m'a offert. Après les banalités d'usage : « Comment ça marche à l'école ? Comment vont tes parents ?... », bref, après toutes ces amabilités, il m'a proposé de monter dans sa chambre pour me montrer quelque chose. Les choses en question, c'étaient des photos pornographiques que ce monsieur faisait venir de Suède, de Hollande, de tous ces pays qui ont une réputation de mœurs très libérales. Ces photos... il y en avait pour tous les goûts : homosexualité masculine, féminine, enfant en cours de puberté en état d'érection, et même des photos de femmes en train de « faire l'amour » avec des animaux. Pendant que je feuilletais toutes ces bizarreries, il avait entrepris de se déshabiller et de se masturber. Pourquoi n'avoir pas pris la fuite ? Je l'ignore encore, peut-être pour ne pas passer pour un con. Peut-être pour jouer les « affranchis ». En tout cas la suite des événements s'est déroulée très vite. Il a baissé mon short et il m'a masturbé, ce fut ma première éjaculation avec quelqu'un. Honte, dégoût, pitié également vis-à-vis de cet homme qui, une fois qu'il eut éjaculé, me supplia de ne rien dire à personne. Mais si je le désirais, je pouvais revenir quand je le voulais, en faisant attention à ne pas être vu, c'est tout. Pauvre type...

Je n'ai rien dit, je savais que ce que j'avais fait était malsain. C'est dur ce genre de truc dans ton jardin secret...

Après ce triste épisode, la vie à repris son cours, avec son lot de conflits familiaux, et l'envie de changer d'air s'est faite peut-être plus pressante.

5

FUGUE
L'INCIDENCE DU MAGICIEN

L'épisode du magicien, même s'il fut de courte durée, a eu une grande importance sur ma vie à venir. C'est par lui que j'ai découvert une partie de ce monde interlope qui allait devenir le mien plus tard. Cette rencontre, pour moi, a pris l'aspect d'un révélateur, d'un déclic ; ç'a été un peu le grain de sable qui fait dérailler la machine. Franchement, je n'attendais que cela ; inconsciemment bien sûr, mais contrairement à ma « première expérience » sexuelle, je n'étais plus naïf ; déjà, à quatorze ans, j'étais blasé et, de toute façon, mon besoin de singularisation primait sur tout autre sentiment. Le créneau homosexuel était pour moi le meilleur à exploiter. Ces idées-là, c'était bien beau mais, pour le moment, cela relevait de l'abstrait.

Quatorze ans, blasé, revenu de tout, avec des jugements à l'emporte-pièce, des idées noires, une vision tout aussi obscure de mon proche avenir, le tableau n'était guère reluisant. Et tout ça pourquoi ? Tout bêtement par besoin d'affection. Côté familial, la guérilla psychologique continuait tout aussi bêtement (pour être poli) qu'elle avait débuté ; aux réprimandes et réflexions de mon père, je répondais par une résistance interne, systématique, mais sans actions d'éclat ; c'était plutôt une résistance passive, faite de mensonges, de trêves qui n'en étaient pas.

La confiance, la franchise — base essentielle à toute bonne relation — n'existaient plus depuis pas mal de temps ; toutes ces valeurs avaient pris le large. La pollution de l'esprit avait commencé, celle du cœur n'allait pas tarder.

C'est donc sous les traits de M... que cette pollution a commencé à souiller mon affectivité, ma vision déjà peu reluisante du monde environnant (en l'occurrence, ma famille), et surtout mon corps.

Au premier abord pourtant, M... n'avait rien d'un satyre, ou d'un révolté de quelque espèce que ce soit. Non, il était plutôt gentil, relativement instruit. Mais son instruction, à ce moment précis de ma vie, ce n'était pas du tout ce que je recherchais. Non, c'est son métier qui m'a plu : artiste de cabaret, plus précisément magicien. Tu parles d'une aubaine pour mon spleen lancinant : stress envolé, bonjour les strass. Adieu routine et vie familiale, salut la vie d'artiste. Le premier contact s'est fait le plus simplement du monde, il m'a abordé pour me demander du feu (eh oui ! je fumais déjà. Pour se donner une certaine contenance, rien de tel ; c'est ce que je pensais...). Après que je lui aie donné du feu, il a certainement dû me remercier, en tout cas il n'est pas parti. Il s'est assis sur le banc où je me trouvais et il a engagé un semblant de conversation peuplée de platitudes en tout genre. Cela allait de mon signe astrologique à mon âge, en passant par mes différents goûts littéraires. Bref il donnait dans la banalité. Aussi, pour ne pas trop dépareiller, j'y suis allé aussi de mon flot de questions toutes aussi « tartes » les unes que les autres. Mais quand j'ai posé le très pertinent : « Et toi, qu'est-ce que tu fais comme job ? » (on est affranchi ou on ne l'est pas), la réponse fut : « Artiste de cabaret... »

Cette conversation insipide a pris alors un autre sens. Je l'ai assailli de questions sur sa manière de vivre ; car s'il vivait sous les « feux de la rampe », aucun doute, les « spotlight » devaient très logiquement rejaillir sur sa vie. J'étais conforté dans cette analyse simpliste le fait qu'il affichait une certaine sérénité et un certain détachement en parlant de sa vie intime ; il était, de surcroît, homosexuel. Il me dit cela sur le même ton que s'il m'avait annoncé la température ambiante. Du coup, le personnage m'est devenu encore plus sympathique ; une profession et une sexualité hors norme, que demander de mieux quand on est un adolescent en pleine crise avec le ou les systèmes établis ? Notre discussion s'est prolongée devant un verre et là, j'ai appris qu'il travaillait de ville en ville, au gré des contrats que lui proposaient les « night club ». En plus de toutes les « qualités » que je lui trouvais, c'était en quelque sorte un saltimbanque des temps modernes. Encore un bon point à son actif ; décidément j'avais sous les yeux le vivant représentant d'une espèce que je croyais rare...

Bien sûr, la réalité m'a ramené sur terre. Bientôt dix-neuf heures, il me fallait rentrer au bercail, mais quelle importance ? Ne m'avait-il pas fixé rendez-vous pour le lendemain ? La séparation serait de courte durée. Chez moi, je me gardai bien de montrer toute joie qui aurait pu paraître suspecte. Pas question de me faire « engueler » et, du même coup, d'être privé de sortie ; mais comme je l'ai déjà dit, j'étais passé maître dans l'art de la dissimulation, et j'ai écourté la soirée en allant me coucher de bonne heure. Encore ses « états d'âme », a dû penser mon père...

J'étais à l'heure au rendez-vous convenu la veille et, pour tout dire, j'y étais même à l'avance. Lui aussi fut ponctuel au rendez-vous. De plus, il m'avait même acheté un cadeau : mon signe astrologique sous forme de médaille avec une chaîne, le tout en argent. Bien plus que le cadeau, c'est le fait qu'il se soit souvenu de mon signe astral qui m'a fait le plus plaisir : enfin quelqu'un qui prenait en compte ce que je lui disais, même si c'était un détail. J'étais très fier de cela, mon manque d'affection étant tel que toute attention à mon égard prenait une importance démesurée.

Cette relation sans ambiguïté sexuelle a duré encore une journée, et un nouveau rendez-vous fut pris pour le lendemain après-midi. Mais j'allais à l'école... et, normalement, je ne pouvais pas être au rendez-vous. Qu'à cela ne tienne, je ferais sauter les cours, ce n'était pas la première fois ; je savais imiter la signature de mes parents pour remplir les indispensables « bons d'absence » : c'est ce que je fis...

Toujours au même endroit, à la même heure, fidèle au rendez-vous, il était là.

Mais, cette fois-ci, il avait quelque chose à me dire : son contrat à B... expirait et son nouvel engagement le conduisait à côté d'A..., dans une périphérie plus exactement, dans un nouveau cabaret plus grand, où chaque année il faisait un passage. Je savais très bien au fond de moi que je ne lui étais pas indifférent ; d'ailleurs il m'a donné l'adresse de ce cabaret pour que nous puissions correspondre ; son départ le chagrinait un peu, mais bien que je lui aie affirmé avoir seize ans et demi, il ne voulait aucun problème. Il m'a seulement promis de venir à B... les jours de relâche pour me voir. Exit le magicien, le rêve...

Après son départ, la vie m'est apparue encore plus moche qu'à l'accoutumée. En plus, l'absence de relations intimes avec lui me confortait dans l'idée que tous les homosexuels n'étaient pas des obsédés sexuels comme le « gentil receveur des postes », qui m'avait passablement — le mot est faible —, qui m'avait carrément écœuré ; je me disais que cette malheureuse expérience résultait surtout du fait que j'étais tombé sur un maniaque. Avec le magicien, rien de sale physiquement parlant, aucune allusion directe sur le sujet ; tout n'avait été que nuances et sous-entendus. Je crois que ce que je prenais pour une certaine forme de délicatesse, était plutôt la peur du gendarme. Vu mon âge, il devait avoir peur.

Mais, pour moi, le détournement de mineur ne correspondait à rien, et puis que dire, puisque, physiquement parlant, il n'y avait eu aucun attouchement ? Il n'avait eu qu'un intérêt pour ma personne, une forme d'affection, de compréhension, de respect aussi. C'est tout ce que j'avais retenu.

Du coup, à la première engueulade de mon père (je ne sais plus très bien mais il me semble que c'était au sujet des mots d'absence que j'avais signés en imitant plutôt mal que bien la signature paternelle), « représailles » : j'étais puni de sortie et, en plus, mes parents se demandaient bien où je pouvais passer mes journées en dehors du lycée. A leurs yeux, il fallait redoubler de vigilance ; ça c'était normal ; ce qui me semblait beaucoup moins normal, ce sont les moyens employés par mon père pour découvrir les endroits où j'allais. Pour obtenir des renseignements, il est allé chez les camarades de classe dont il me savait proche et, devant leurs familles, il a déballé toute l'histoire. Et, une fois de plus, j'ai pris ça pour une brimade à mon égard ; sans compter que comme il n'avait pas obtenu de réponses satisfaisantes, il s'est déplacé au lycée pour que, désormais, toute absence lui soit tout de suite signalée. Alors, les copains, le lycée, avertis par ce père qui ne se déplaçait que pour prendre ce que j'appellerais des « mesures d'austérité », cela commençait fortement à me peser... Et ce fut le déclic, je ne pouvais plus rester là. Tant pis pour ma mère, mes sœurs, mais la décision était prise : j'allais partir, rejoindre M... Lui, au moins, comprendrait et m'aiderait sûrement...

C'est de bonne heure que je suis parti, non sans avoir au passage dérobé cinq cents francs à mon père pour les « frais de route ». Je n'avais pris aucune affaire personnelle, et je me souviens très bien de la sensation de liberté que j'éprouvai à ce moment-là : c'était peut-être le fait de quitter cet appartement silencieux, de traverser cette cité HLM encore endormie, avec simplement cinq cents francs en poche. J'étais persuadé que mes pas m'emmenaient vers la liberté, l'autonomie, et qu'enfin, au bout du chemin, je trouverais la « vraie vie », celle qui est sans contrainte, sans compromis, et remplie d'affection...

Pour arriver à cet endroit rêvé, la solution idéale était de faire du stop. Il fallait tout de même conserver un petit côté réaliste, si je voulais que mon entreprise réussisse. En train, cela aurait entamé mon maigre pécule, alors vas-y pour le stop. J'ai été aidé dans mon entreprise par des routiers qui méritaient l'adjectif dont on les a dotés, « sympas ». A leurs questions sur le but de ma destination, sur mon âge, mes activités, je répondais en modifiant quelque peu certains détails : j'avais seize ans, je faisais mes études (à ce sujet-là, j'évitais de préciser lesquelles) et j'allais à A..., dans ma famille. Je ne sais si ces explications les satisfaisaient mais, en tout cas, aucun n'a mis en doute la véracité de mes dires. C'était vraiment le « pied » ! Chaque tour de roue m'éloignait de B... et de mes problèmes avec mon père. Le paysage était des plus enchanteurs, mais il ne fallait pas trop montrer mon émerveillement car, étant soi-disant un enfant du pays, il devait me sembler naturel. Je ne me posais aucune question quant à l'accueil qui me serait réservé par M... Je ne l'avais pas prévenu de ma décision, mais il ne faisait aucun doute qu'il comprendrait ma démarche, et j'étais même sûr qu'il m'aiderait à trouver un job quelconque. Bref, il verrait tout ça d'un très bon œil.

Jusqu'à A..., pas de problèmes. J'ai pu compter sur la gentillesse de deux routiers, pas plus, pour y arriver. Mais pour me rendre à B..., lieu exact de ma destination, ce fut nettement plus dur. Pour arriver à A..., j'avais mis la journée entière, mais le stop jusqu'à B... était moins aisé, pour ne pas dire « galère ». Bientôt la nuit est tombée, faisant du même coup tomber les chances d'être pris par d'autres véhicules. De surcroît, je me trouvais sur une route départementale assez peu fréquentée. Au bout d'un moment d'essais infructueux, je me décidai à marcher le long de la route : ce serait déjà ça de gagné sur la distance qui me restait à faire. Mais, bientôt, la fatigue se fit sentir, et c'est un peu en retrait du bord de la route que je me suis endormi. Quand le soleil m'a réveillé, je me suis aperçu qu'en fait, j'étais dans un grand champ de tomates. Tant mieux ! Mon petit déjeuner était assuré. Comme un bonheur n'arrive jamais seul, à peine en position d'auto-stoppeur, j'ai trouvé une voiture, un maraîcher qui allait, devinez où ? A B..., vendre ses fruits et légumes au marché local. Comme il n'était pas très loquace, il n'y eut pas de questions embarrassantes auxquelles répondre. Une fois sur place, je lui ai demandé où se trouvait la rue..., sans spécifier pour autant le nom du cabaret qui se trouvait dans ladite rue, prudence oblige. B... était vraiment un village, c'est sans trop de peine que je trouvai le night-club local. Il devait être huit heures du matin et, évidemment, le club était fermé.

Qu'à cela ne tienne ! Je sonnai quand même, et au bout d'un moment un homme entre deux âges, assez gros et habillé d'une chemisette hawaïenne aux coloris assez « chocs », est venu ouvrir. Je lui ai dit que je voulais voir M... Ce ne devait pas être un club très privé puisqu'il m'a tout de suite introduit dans les lieux. Il m'a demandé d'attendre là et il est parti chercher M...

Je me trouvais au vestiaire du night-club et, par le rideau ouvert au bout du petit couloir, je pouvais apercevoir la salle qui, à cette heure-ci, portait encore les traces de la soirée passée : bouteilles vides, cendriers renversés, rien de bien exaltant pour le regard. Au vestiaire, il y avait affichées ces photos d'artistes que l'on trouve dans tous les cabarets ; parmi ces photos, il y avait plusieurs clichés de M... en tenue de scène. Je ne l'avais jamais vu auparavant habillé en « magicien ». Ces photos n'étaient guère ressemblantes, le maquillage devait y être pour beaucoup... Mais je n'eus pas plus longtemps pour admirer ces photos ; en effet M... était là devant moi. A sa tête, j'ai bien vu que quelque chose clochait, mais bon, surtout ne pas m'alarmer, mettons ça sur l'effet de la surprise. Question surprise, en effet, c'en était une pour lui. Mais qu'est-ce qui m'avait pris ? Pourquoi étais-je là ? Je lui ai raconté mon problème avec mon père, ma brusque décision. Apparemment il se serait bien passé de moi mais, faisant tant bien que mal bonne figure, il m'a demandé si je voulais déjeuner. Après on aviserait. Ce n'était pas tout à fait l'accueil escompté mais on verrait bien...

Il m'a emmené dans la cuisine où le reste de la maisonnée était en train de prendre le petit déjeuner. Il y avait là le monsieur qui m'avait ouvert — le portier était en fait le patron —, sa femme, et un Antillais en peignoir rose. M... a vite fait les présentations, sans s'étendre plus longuement sur les raisons de mon arrivée. Les autres ont dû penser que c'était une affaire personnelle et n'ont pas posé de questions ; de plus, c'était l'heure où ces gens allaient se coucher, et ils devaient être trop fatigués pour vouloir savoir autre chose que mon prénom... Un à un ils ont quitté la table pour rejoindre leur chambre respective qui, apparemment, se trouvait à l'étage au-dessus. M... lui aussi devait avoir envie de tomber dans les bras de Morphée ; peut-être pensait-il qu'un peu de repos lui ferait voir les choses plus clairement ? Il m'a fait monter dans la chambre qui lui était attribuée, en me conseillant de me reposer ; demain — c'est-à-dire au réveil, vers seize heures —, il aviserait... Il m'a demandé de ne pas faire trop de bruit, sa chambre jouxtant celle de l'Antillais que j'avais entr'aperçu pendant le petit déjeuner. J'étais dans la place, c'était déjà ça...

Au réveil, mini-conseil de guerre. Il voulait tout d'abord informer le patron de la situation pour ne pas causer de tort à son employeur : puis, si je restais, interdiction de sortir, de me montrer. Remarquez, une boîte de nuit, la journée, évidemment il n'y a pas foule !...

En quelques mots, M... a mis le patron au courant de la situation. Celui-ci, contrairement à ce que j'appréhendais, sembla saisir tout de suite le problème. Le seul truc, bien sûr, être raisonnable et faire tout pour ne pas me montrer ; il ajouta qu'il le dirait à sa femme, et qu'il valait mieux mettre Jo dans la confidence. Jo, c'était Jo Baker, comme Joséphine, travesti de son état ; il faisait un numéro où il imitait la célèbre meneuse de revue. C'était la première fois que je voyais un travesti et, au premier contact, ça m'a fait drôle, mais j'étais mal placé pour porter un jugement sur quoi que ce soit ; on acceptait ma présence, c'était déjà beaucoup.

Le soir, avant l'ouverture du club, j'ai assisté aux différents préparatifs de la troupe. Outre M... et Jo, alias Joséphine, il y avait une fille strip-teaseuse de son état, qui ne logeait pas là car elle se produisait dans d'autres cabarets de la région. J'ai découvert grâce à M... la véritable nature de ce club : le patron était homosexuel et avait épousé une lesbienne : avec leurs économies respectives ils avaient ouvert ce night-club où les homosexuels hommes et femmes de la région venaient se retrouver. Le club jouissait d'une certaine « réputation » dans le milieu homo et, de ce fait, les contrôles de police étaient quasi inexistants. C'est peut-être pour cela que le patron et sa femme ne s'étonnaient guère d'avoir un mineur dans leurs murs... Pendant trois jours, j'ai partagé la vie de ce couple bizarre, de leurs employés et donc celle de M...

Bien sûr, j'ai eu des rapports sexuels avec lui. Plongé dans ce milieu, c'était normal, ça faisait partie de l'ordre des choses. M... n'avait pas le côté vicieux, avec support pornographique, de mon premier souvenir homosexuel ; au contraire, il était très doux et, somme toute sa sexualité s'apparentait plus à celle d'un adolescent ; ce n'était ni plus ni moins que de la masturbation à deux. Il souffrait lui aussi d'un manque d'affection, tout comme moi. Sa vie d'errance ne devait guère favoriser des rapports suivis.

Cela aurait pu continuer un petit moment si je n'avais enfreint les consignes de sécurité que l'on m'avait maintes fois répétées. J'avais toujours en ma possession les cinq cents francs que j'avais volés à mon père, et comme je n'avais pas pris d'affaires de rechange, je suis sorti un après-midi, pendant que tout le monde dormait, pour m'acheter des vêtements. J'avais oublié un détail, c'est que mes parents, inquiets bien sûr de ma disparition, avaient demandé à la Gendarmerie de me rechercher. De plus, il avaient lancé un avis de recherche dans le journal, photo à l'appui. C'est en sortant d'un magasin où je m'étais payé un jean et un sweat-shirt que je me suis fait interpeller par des gendarmes en Estafette. Je n'ai rien fait pour nier mon identité ; je suis monté dans leur fourgon et ils m'ont emmené à la gendarmerie d'où ils ont averti mes parents de mon arrestation.

6

RETOUR A BÉZIERS RUPTURE AFFECTIVE COMPLÈTE

Les gendarmes m'ont ramené chez mes parents en train. C'est-à-dire que j'ai effectué le voyage entre deux gendarmes. Vu mon âge, je n'avais pas de menottes, mais les gens voyaient très bien que quelque chose clochait. La preuve, les gens s'excusaient quand ils rentraient dans le compartiment, et ils en ressortaient tout de suite. Je me trouvais dans la situation d'un détenu que l'on transfère d'une prison à une autre. Le regard des gens, je m'en moquais un peu mais, tout de même, j'aurais préféré un retour moins voyant ; je n'avais pas le choix, mon père avait refusé de venir me chercher. Peut-être pensait-il que ce retour entre deux gendarmes me donnerait à réfléchir ? Si j'ai réfléchi, ce n'est peut-être pas dans le sens qu'il attendait ; moi, là-dedans, je n'ai vu qu'une forme de brimade supplémentaire. Au lieu d'essayer d'arranger mon affaire à peu près discrètement, lui préférait les grands moyens. Mon établissement scolaire avait été prévenu de ma fugue, chose normale ; ce qui l'est moins, à mes yeux, c'est que mon père a jugé bon de fournir tous les détails de ladite fugue, c'est-à-dire que j'étais parti pour rejoindre un homosexuel. Il estimait de son devoir d'en avertir le chef d'établissement car, selon sa propre expression, « je risquais de contaminer les autres élèves. » Le chef d'établissement protesta quand mon père proposa mon renvoi pur et simple du lycée. Pour lui, c'était une histoire de mœurs que l'on ne devait pas étaler au grand jour et, de surcroît, mon renvoi n'était pas la meilleure solution: j'allais bientôt passer mon BEPC et il serait bête que je n'ai pas ce diplôme. Mes résultats scolaires n'étaient pas mirobolants mais j'avais quand même des facilités qui, d'après lui, méritaient que l'on en tienne compte...

Mon arrivée au domicile familial, toujours chaperonné par mes deux gendarmes, n'est pas passée inaperçue; ça non plus, je ne l'avais pas demandé. Après le départ des gendarmes, explications en famille. Quand je dis « explication », c'est un bien grand mot. D'après mon père, j'étais irrécupérable, j'étais la honte de la famille; désormais il se désintéressait de mon sort, j'allais filer directement en maison de redressement. Bref, j'étais rayé. Sous le coup de la colère, ces paroles peuvent se comprendre; mais là ce n'était pas le cas. L'affaire, pour lui, était entendue. Les voisins aussi avaient été informés de ma fugue, ainsi que les commerçants du quartier, sa famille à lui et, bien sûr, il allait se faire un plaisir d'en informer ma grand-mère maternelle. C'était sans compter avec ma mère qui trouvait que, certes, il fallait sévir mais de là à ameuter tout le monde, il y avait une marge.

Ma mère avait compris qu'il fallait trouver une solution plus discrète et surtout plus pédagogique. Elle savait la difficulté des rapports entre moi et mon père, elle sentait que si l'on ne trouvait pas un compromis, la situation se reproduirait. Avec ma mère, j'aurais peut-être pu régler cette erreur. Je voyais bien que cette fugue l'avait bouleversée, qu'elle essayait d'entamer avec moi un dialogue différent, mais elle était la seule à essayer, mon père refusait ce dialogue: « Et puis quoi encore? Il faudrait peut-être que ce soit nous qui nous excusions ? Depuis le temps que je le dis, ça a fini par arriver, ce gosse n'est pas normal. » Et c'était reparti pour un tour : « Si tes parents ne lui avaient pas tout passé, on n'en serait pas là. » L'éternel conflit revenait sur le tapis. Décidément, on en revenait toujours au même point.

Enfin, j'ai réintégré le lycée, tant bien que mal. Mon histoire avait fait pas mal de bruit, la situation devenait vraiment complexe. Les vacances scolaires sont arrivées et je suis parti chez ma grand-mère. Là-bas, je n'ai entendu parler de rien. Bien sûr mes grands-parents savaient, mais quand mon père a voulu aborder le sujet, on lui a fait comprendre que ce n'était pas la peine ; mon père a simplement dit qu'ici on ne me donnerait jamais tort. Je ne sais pas pourquoi il avait toujours besoin d'alimenter ce sujet de discorde entre mes grands-parents et lui ; cela finissait toujours en queue de poisson et ne résolvait rien.

Contrairement à ce que mon père prétendait, mes grands-parents ne me passaient pas tout. Ils m'ont engueulé eux aussi, mais discrètement, sans ameuter tout le monde. Et la leçon est beaucoup mieux passée ainsi. Je crois que si, comme l'avait proposé ma grand-mère, j'étais resté chez eux pour poursuivre mes études, peut-être que rien de ce qui s'est passé après n'aurait existé. Une séparation momentanée d'avec mon père aurait été salutaire, il n'y aurait plus eu ce conflit permanent, cet affrontement perpétuel où chacun des deux essayait de contrer l'autre.

Les propos que je tiens sur mon père peuvent paraître excessifs mais si, dès le départ, un semblant — je dis bien un semblant — de dialogue et de chaleur s'était instauré, rien ne serait arrivé. Bien sûr mon père avait certainement des problèmes, le fait qu'il boive le montre bien, mais est-ce à des enfants d'analyser le pourquoi des choses ? Là est tout le problème. J'avais peut-être des exigences affectives plus grandes qu'un autre enfant et encore, je n'en suis pas persuadé. S'il avait répondu présent sur le plan affectif, et pas seulement quand il fallait sévir, nous aurions eu des rapports normaux ; mais jamais cela n'a été le cas. Et plus le temps a passé, plus les choses se sont dégradées.

« Si seulement tu m'avais dit « je t'aime » ; si simplement tu avais compris que moi aussi, quelquefois, j'aurais voulu te le dire, je n'aurais pas été chercher auprès d'autres hommes cet amour, je n'aurais pas systématiquement essayé que tu me remarques, en faisant tout ce qu'il était interdit de faire ; je n'aurais jamais eu ce besoin de me différencier. Je t'ai appelé au secours, jamais tu ne l'as compris. Quel gâchis ! Pas simplement pour moi, mais pour toi également. Le temps perdu ne se rattrape pas. On n'a qu'une enfance, on n'a qu'un père aussi. C'est dur après de faire le bilan de tout cela ; c'est moche, tu sais, la première blessure de son capital « amour ! » Mais je sais que tu n'es pas entièrement responsable de tout cela. »

Réflexions sur les différentes « idoles » proposées aux ados

A l'époque, je lisais beaucoup, non seulement les livres de la bibliothèque scolaire, mais aussi d'autres livres que Maman possédait — ces ouvrages n'avaient rien de répréhensifs ; et puis il y avait toutes ces revues féminines que Maman lisait pour se tenir au courant des derniers sujets à la mode, des dernières innovations dans le domaine des cosmétiques ; il y avait aussi des reportages sur « les personnes marquantes de l'année ou de la décennie ». Personnellement, c'était cette partie-là qui m'attirait.

La vie, les mœurs de ces personnalités « en vue » (écrivains, acteurs, créateurs de toute sorte, musiciens) y étaient étalées, disséquées, pas comme dans les journaux à scandales, mais sous un certain aspect, disons « intellectuel ». Leurs vices, leur mal de vivre étaient analysés de manière à faire croire que tous ces gens — dont certains sont devenus des mythes —, en plus de leur talent, avaient été victimes d'une sorte de malédiction qui les rendait vulnérables, donc sympathiques à mes yeux. Ils confirmaient les adages selon lesquels strass devenait stress, génie rimait avec cocaïne ou amphétamines ; la terre était leur enfer, et seul le suicide, conscient ou inconscient, les délivrait de leurs maux.

Les revues féminines n'ont pas l'exclusivité en la matière. Les revues qui s'adressent aux adolescents encensent elles aussi — à leur façon — ces stars paumées, « incomprises » de la masse, les élevant au rang de demi-dieux. Cet intérêt quasi morbide à ne montrer que les différents travers de ces idoles des temps modernes me semble particulièrement dangereux. On banalise, on excuse, on compatit. Ces stars ne sont que des humains après tout ; alors, comme chaque homme, n'ont-elles pas droit aussi à quelques faiblesses ?

Grave erreur à mes yeux — aujourd'hui on sait la fragilité de jugement, de discernement des jeunes qui, souvent, s'identifient à ces gens aux vies sulfureuses ; pour peu qu'ils aient un coup de cafard, ils se disent « Après tout, pourquoi pas moi ? » Les différents messages, vidéos et autres mises en garde sur les méfaits de l'alcool, de la drogue, sont vite oubliés et passent même pour ringards car créés par des gens qui ont la réputation de réprimer. Les adolescents détestent les interdits. Si, autour d'eux, il n'y a pas un rappel des différentes valeurs morales, des différents dangers de certains comportements (par des personnes en qui le jeune a confiance : membre de la famille, guide spirituel, enseignant) ; si le dialogue n'est pas présent qui dit « attention, danger », l'adolescent s'identifiera, se reconnaîtra dans ces célébrités troubles et ambiguës, jusqu'à leur vouer une sorte de culte ; il voudra leur ressembler, ira jusqu'à les imiter dans certains comportements pourtant discutables. Des générations se sont retrouvées — et détruites — dans l'alcool, sous prétexte de se rapprocher de tel ou tel artiste, qui explique son alcoolisme en disant que la boisson l'aide à créer et à dépasser son mal de vivre.

Ne serait-il pas mieux de lire lesdites œuvres, de les commenter, sans pour autant rappeler, comme facteur indissociable à son talent, l'alcool ? Plus tard, le fait de le découvrir, prendra une importance beaucoup moins grande, et le rapport « alcool-création » sera perçu différemment. On peut penser que seuls des adolescents sensibles seront « interpellés », se reconnaîtront, et appliqueront au pied de la lettre les différents vices et tares de ces gens-là. C'est faux. Pour ma part, je suis profondément convaincu que tout jeune a un côté fragile, plus ou moins marqué, plus ou moins apparent, et risque, de ce fait, de tomber dans le piège de ces adultes qui se donnent l'étiquette de « leader », de maître à penser de la jeunesse actuelle. Mon cas n'est peut-être pas le meilleur pour tenter d'expliquer ceci ; ma trop grande sensibilité, mon mal de vivre omniprésent, et mon besoin de singularisation à tout prix ne sont peut-être pas l'exemple idéal pour étayer la chose. Pour moi, la révolte a commencé par là. Certains auteurs m'ont conforté dans l'idée que la marginalité était le moyen le plus approprié pour crier mon angoisse, face à cette société que je rejetais pour ses idées toutes faites. J'ai trouvé dans certaines chansons la réponse, pour ne pas dire l'a.b.c., pour me « tirer » de ce monde dans lequel je ne trouvais pas ma place.

La balle est dans le camp des parents, des milieux enseignants et éducateurs qui, sans condamner, devraient expliquer que, certes, il y aura toujours des gens qui sont mal, qui souffrent, mais qu'en aucun cas le fait de les copier arrangera les choses. Il faut se battre pour redonner la notion de bien et de mal, sans forcément choisir un couvent, ou un établissement répressif (dans ce cas, c'est l'échec assuré). Il faut présenter le bien et le mal, non pas comme une « obligation », mais plutôt comme une porte de sortie possible, comme une réponse éventuelle à certaines interrogations légitimes de l'adolescent, mais sans le côté interdiction, mot qu'il ne faut jamais prononcer devant un jeune en recherche d'identité car c'est le moyen le plus sûr de l'intéresser à ces comportements discutables ; cela n'arrivera pas s'il y a dialogues, échanges, débats, si celui qui représente l'« autorité » justement, pense à faire oublier la dite autorité pour ne pas passer pour un « vieux con réac », ni s'il y a échange et respect des points de vues de chacun.

On peut arriver à modifier l'image qu'a l'adolescent de ces mythes, le meilleur moyen étant justement de les démystifier, de bien montrer que, sans absinthe, Rimbaud aurait très bien pu écrire ses œuvres ou, du moins, que ce n'est pas grâce à l'absinthe que ses œuvres sont ce qu'elles sont ; que l'homosexualité d'un Gide n'est pas la pierre angulaire de ses livres, que sa vie quelque peu dissolue sexuellement n'est pas l'explication de son génie. Pour les stars du rock, il faut savoir que leur image sulfureuse n'est, en fait, qu'un moyen de provocation, qu'une volonté de déranger les personnes soi-disant bien pensantes. Mais ces « vedettes » ne donnent aucune réponse, aucun programme à suivre, hormis peut-être les imiter et mal finir comme elles. Leurs textes souvent racoleurs, qui se disent le reflet de la pensée des adolescents, ne sont ni plus ni moins que le reflet de leur propre volonté de s'autodétruire, en entraînant derrière elles des jeunes en mal d'identification. Il faut se rappeler la vague hippie et ses dangers : la drogue, le sexe, devenaient banals ; plus près de nous, les punks et leur « No Future », lancé contre une société qui ne les acceptait pas. Plus grave, les skin head qui, sous le couvert d'un soi-disant ras-le-bol contre les institutions en place, font passer les idées néo-nazies.

Il faut faire preuve de vigilance et essayer de donner des idées, même si, au départ, le mal de vivre des adolescents paraît puéril. De grâce, aidez-les à retrouver des valeurs morales, saines, des buts, sans pour autant tomber dans la punition et la condamnation. En un mot, répondez « présent » à leurs questions et intéressez-vous à leurs goûts musicaux, littéraires. Le fait de mettre sa platine à fond, avec des disques prônant la révolte contre la démission de leurs aînés devant des problèmes qui, eux, les touchent, est, de leur part, un appel au dialogue ; cela veut vous déranger dans vos habitudes, vous choquer ; alors profitez de l'occasion, même si vos goûts en matière de musique sont à l'opposé, même si vous ne saisissez pas le pourquoi d'une telle révolte, d'une telle haine ; interrogez-vous avant, après il sera trop tard. Et puis si conflit sérieux il y a, ne démissionnez pas en disant : « C'est l'âge, ça passera... » C'est sûr, ça passera, mais peut-être que la révolte aura changé de façon de s'exprimer : elle sera devenue calme extérieurement, mais bien vivace à l'intérieur. Pas la peine d'apprendre le verlan pour leur parler, ouvrez les yeux et les oreilles, c'est déjà beaucoup...

Explication de la cassure définitive avec le milieu familial

Explication de l'état d'esprit
qui était le mien à l'époque
Tentative de résumé de tous les faits
qui ont contribué à ma fugue définitive

La première fugue, je l'ai faite par provocation ; c'était un défi envers mon père. Je voulais lui montrer que nos relations plus que tendues ne pouvaient déboucher que sur quelque chose de très mauvais. La technique est discutable certes, mais c'est celle que j'avais choisie. Je savais pertinemment que rajouter un côté homosexuel à cette fugue le dérangerait beaucoup. Naïvement je pensais que cela nous rapprocherait peut-être, en tout cas qu'il y aurait dialogue. Mais les habitudes étaient prises, alors rien de cela ne s'est passé. Au contraire, au lieu de s'instaurer, le dialogue s'est limité au strict minimum. Pourtant rien n'était vraiment perdu. Je n'étais pas un « cas insoluble ». Mais puisque les choses en étaient là, eh bien, j'ai accentué mon comportement pour faire en sorte que désormais plus rien ne marche comme avant. En très peu de temps, juste après le retour de vacances, j'ai mis un point d'honneur à ne plus fréquenter que les milieux marginaux de la ville. Ce qui, au départ était une sorte de jeu s'est transformé en façon d'être, de penser et d'aimer. Mes sorties étant contrôlées, je faisais la belle une fois que tout le monde dormait. J'allais dans des bars et je côtoyais les noctambules locaux. Je devenais de plus en plus proche de ce milieu qui, somme toute, n'était pas vraiment dangereux, en tout cas qui n'avait rien à voir avec la réputation qu'on lui prêtait et, surtout, rien à voir avec le vrai milieu que j'allais bientôt découvrir.

J'étais désormais en seconde pour y préparer un BEP d'agent administratif mais, très franchement, les études étaient le cadet de mes soucis ; pour moi, continuer mes études, c'était comme signer un bail pour rester plus longtemps chez mes parents et ça, il n'en était pas question. Partir encore, c'était mon truc, mais où ? Franchement je n'en savais rien mais je voulais partir, fuir vers d'autres horizons, d'autres gens, d'autres manières de vivre. Pourtant j'ai tenté, grâce à une de mes camarades de lycée, de renouer avec la normale, sexuellement parlant, j'entends. Je ne lui était pas indifférent, elle non plus ne me laissait pas de marbre ; elle me semblait plus mûre, moins gamine que les autres filles ; aussi, selon l'expression consacrée, nous sommes sortis ensemble. Très chastement. Nos rapports étaient surtout spirituels. Sa révolte, qu'elle traduisait à sa façon en sortant avec un garçon comme moi, me plaisait bien. Avec ses parents, elle s'entendait bien et elle ne leur cachait rien. Cette confiance qui régnait entre elle et ses parents, je l'enviais et, en même temps, je faisais la comparaison avec mes relations familiales ; cela me confortais dans l'idée que, décidément, chez moi ça ne tournait pas rond. J'ai amené cette fille chez moi pour la présenter à ma mère qui l'a trouvée sympathique, et surtout assez calme, pas le genre à fuguer. Bref, bien sous tous rapports. Mon père l'a vue aussi. Évidemment sa réaction fut plus mitigée. Que faisaient ses parents ? M'avait-elle amené chez eux ? Était-elle au courant de mes frasques passées ? Tout à fait le genre de questions qui avaient le chic de me mettre en boule.

Florence ne connaissait pas tout sur ce que mon père appelait « mes frasques passées », mais elle savait quand même certains détails sur les erreurs de parcours que j'avais pu faire. De toute façon, ce n'était pas son problème. Nous en étions au flirt et non à la psychanalyse. Notre relation se poursuivait normalement mais, un jour, en remontant après les cours, le censeur m'a appelé pour me signifier que si je ne faisais pas preuve de plus de discipline, il se verrait dans l'obligation d'avertir mes parents. C'est vrai, je chahutais beaucoup, mais toujours pour les mêmes raisons qu'avant le lycée, je me défoulais de tout le stress accumulé chez moi.

Cette réflexion a été le révélateur : convocation des parents, plutôt de mon père, équivalait à sanction ; mon père allait-il une fois de plus rabâcher mes erreurs passées ? Pour moi, aucun doute, une fois de plus il allait me salir, et aborder le fameux épisode homosexuel. J'avais déjà donné, comme on dit, alors il allait falloir choisir. De plus, l'époque des bulletins trimestriels n'allait pas tarder ; avec les réflexions du censeur, cela ne devait pas être mirobolant, je me retrouvais coincé.

Une fois de plus, c'est la fuite que j'ai choisie. En pleine récréation, je suis parti, avec mon cartable, sans un sous en poche ou très peu. Première direction, l'autoroute, via Montpellier. Pourquoi Montpellier ? Je ne sais pas, peut-être parce que c'est plus grand que Béziers. Franchement, je ne sais pas. Une fois de plus j'ai fait du stop, non sans avoir au préalable jeté mon cartable dans un fossé ; j'ai trouvé très vite un routier et je suis arrivé à Montpellier en plein après-midi.

La gare, Place de la Comédie, puis un bar quelconque dans lequel je suis entré. Bar anonyme, fréquenté par des habitués. Je connaissais l'importance de l'argent et il m'en fallait pour pouvoir pousuivre ma route, c'est pourquoi j'ai demandé à la patronne si elle n'avait besoin de personne pour la plonge. Elle a dû être étonnée mais elle n'en a rien laissé paraître ; elle s'en est plutôt ouverte à deux consommatrices, deux habituées. L'une d'elle est venue me voir et m'a questionné très gentiment. Elle m'a même demandé si j'avais faim, si je voulais manger. Je crois que je n'avais pas faim, mais pourtant j'ai dit oui. Du coup la patronne a préparé un truc et elle a appelé sa copine pour manger avec nous. Elles avaient une quarantaine d'années, un léger penchant pour la boisson ; elles n'étaient pas vraiment ivres mais elles levaient souvent le coude. Leur langage, sans être vulgaire, n'était pas des plus châtiés, mais je m'en moquais. Elles m'étaient sympatiques et, surtout, elles affichaient une bonne humeur constante. J'avais menti quant à mon âge, je me disais majeur et à la recherche d'un boulot quelconque.

Très franchement, je crois qu'elle n'ont guère été dupes, je pense qu'elles devinaient ma situation. Au fil de la conversation, elles m'ont demandé si j'avais un toit pour la nuit. Réponse négative évidemment. Avec le bon sens et la rapidité de jugement qui étaient propres à l'une d'elles, la solution fut vite trouvée : j'irais dormir chez elle. Elle m'a averti qu'elle cohabitait avec quelqu'un qui ne ferait pas d'ennui.

J'avais remarqué, outre un certaine liberté de langage, un optimisme à toute épreuve, et une générosité non feinte, un détail assez « spécial ». Les consommateurs masculins les dévisageaient et leur payaient des coups à boire. Elles acceptaient ces invitations et plaisantaient avec eux. Même les plaisanteries grivoises les amusaient et elles répondaient vertement sur le même ton. Je n'étais pas totalement naïf, j'ai vite compris qu'en fait, ces consommateurs, c'étaient des clients éventuels. Elles étaient prostituées. Des prostituées, peut-être, mais des femmes avant tout, et peut-être des mères. Aussi quand, l'alcool aidant, les plaisanteries et les insinuations sont devenues plus précises, ma « logeuse » a décidé de m'amener chez elle.

Le logement était proche, et c'est vrai qu'elle partageait les deux pièces avec un vieillard acariâtre, un peu handicapé, qui lui aussi trouvait sa consolation dans l'alcool. Quand il fut mis au fait de mon installation dans les murs, il n'a rien dit, il était du genre à ne pas poser de questions, et puis, apparemment, si cela venait de D... c'était très bien. Elle m'a donc laissé avec lui et elle est repartie vaquer à ses occupations, non sans promettre au vieux de rentrer manger. C'est le vieux qui s'occupait de la cuisine ; je l'ai aidé à mettre la table et nous avons attendu le retour de D... Elle a fini par arriver et nous sommes passés à table. Elle m'a conseillé de dormir dans la salle de bains, ainsi je serais moins dérangé. Dérangé de quoi, je me le demande ? J'ai vite saisi. Dans la salle à manger, le vieux a installé un matelas en mousse, à même le sol. La nuit, la maison se transformait en lieu de rendez-vous. Pendant l'installation, D... était partie se maquiller de façon plus provocante, en tout cas plus adaptée à sa « profession ». J'aurais très bien pu être choqué, dérangé de me retrouver dans cet endroit, mais je le redis : D... était la bonté même et rien dans son attitude n'était ambigu, pervers, sale. Plus tard, elle m'a confié qu'elle avait un fils de mon âge qu'elle ne voyait plus ; ce manque affectif, elle le reportait sur moi. Dans la nuit, je fus maintes fois réveillé par les allées et venues nocturnes de D... avec ses clients. Le vieux devait servir en cas de pépin car la clientèle de la pauvre D... n'était pas des plus sélecte : alcoolos en tous genres, cela n'avait rien de la prostitution de luxe comme j'avais pu la voir dans des films à la télévision. Peu importe, c'était sa vie, et puis elle avait l'air d'être bien. Le lendemain j'ai été réveillé par le vieux qui m'a offert le café, et qui m'a dit : « Tiens, c'est pour toi, D... l'a laissé (60 francs). T'as qu'à retourner au café, elle tardera pas ; pour le moment elle dort. »

Arrivé au bar, j'ai retrouvé à l'intérieur la « collègue » de D... Apparemment elle semblait plus réaliste que D... Elle m'a dit de but en blanc que mes parents allaient sûrement faire des recherches ; elle avait le quotidien local et, même s'il n'y avait rien pour le moment, cela ne saurait tarder d'après elle ; les ennuis n'allaient pas tarder à arriver. La patronne et son mari semblaient d'accord. Dès que D... émergerait de son sommeil, on lui en causerait...

D... a fini par arriver et là, bien sûr, mon cas a été mis sur le tapis. D... n'était pas sotte, elle savait très bien les risques qu'elle prenait mais elle allait réfléchir à une solution puisque, de toute façon, je ne voulais pas rentrer chez moi. Pendant trois jours, D... a dû réfléchir, et un soir, avant d'aller au travail, elle m'a parlé : « Écoute, rester là n'est pas possible. Tôt ou tard ça finira mal. Ce soir, j'ai un client routier qui part livrer sur la Côte, il passe par Cannes et je crois que, là-bas, tu auras plus de chance de t'en sortir. »

Je lui avais parlé de ma vie, de mes problèmes avec mon père, et puis aussi de ce truc homosexuel qui me poursuivait. D... était trop fine mouche pour juger. Je reste persuadé qu'elle n'a voulu que mon bien ; le fils qu'elle n'avait plus, c'était un peu moi. Jamais aucune exploitation de sa part, rien que le respect des autres, de leurs opinions ; elle faisait justice à sa façon.

Le lendemain, elle m'apprit que le routier était d'accord pour m'emmener jusqu'à Cannes. J'allais partir en fin de matinée ; elle m'a expliqué que Cannes me plairait beaucoup, que là-bas je trouverais certainement un truc à faire : c'était une ville de retraités et, en cette saison (nous étions fin octobre-début novembre), les distractions étaient plutôt limitées. L'allusion sur les distractions, je ne l'ai pas bien saisie, mais qu'importe. C'était la première fois que quelqu'un me comprenait, m'aidait à fuir mes problèmes. « D..., je ne t'ai jamais revue, tu ne pouvais pas imaginer la suite, tu devais penser que, bientôt, j'allais rentrer chez mes parents, lassé de cette vie aventureuse. » Non, ce n'était ni de l'incitation à la débauche, ni de la folie de ta part. Peut-être un jour, elle aussi avait-elle rêvé de liberté. « En tout cas, tu as toute ma sympathie, ma reconnaissance ; et après, quand ton milieu est devenu le mien, j'ai saisi pourquoi tu aimais tant la liberté. »

7

FIN DE L'ENFANCE, DE LA NAÏVETÉ DÉCOUVERTE DE LA PROSTITUTION MASCULINE EXPLICATION SUR LE POURQUOI D'UN TEL LIVRE...

Maintenant, je suis arrivé au passage le plus délicat de ce livre. Mon destin va basculer dans le monde de la prostitution, non pas en temps que spectateur mais en temps qu'interprète. Mon enfance, mon adolescence, ont peut-être quelque chose à voir avec cet état de chose, mais le monde dans lequel nous vivons a aussi ses responsabilités. Un monde qui prône le pouvoir de l'argent, de la vie facile, qui oublie le sens moral, l'élémentaire notion de bien et de mal, un monde complice de par son silence, qui fabrique des jeunes sans idéaux, lesquels, pour échapper à leur vide intérieur, se droguent, se détruisent, se suicident lentement mais sûrement. Ne cherchez pas le coupable, il n'y en a pas un mais mille. Chacun de vous, s'il est parent, doit saisir l'importance et l'horreur de ce qui va suivre.

J'aurais très bien pu continuer d'écrire en racontant avec force détails mes années de prostitution, mais mes intentions sont tout autres. Je voudrais que vous puissiez dire après : « Plus jamais ça. » Mais surtout que vous appreniez à ne pas trop vite juger les toxicomanes, les prostitué(e)s que vous croiserez par la suite. Votre fille, votre fils, pourrait très bien être un de ceux-là. Je ne suis pas psychiatre, pédagogue, ou quoi que ce soit de ce genre, mais dix ans de galère, de pollution de mon cœur et surtout de mon corps, me donnent le droit d'en parler. A vingt-sept ans, j'ai connu tout ce qui va suivre. Les séquelles laissées par ces dix années sont nombreuses, mais je tente maintenant d'en sortir, difficilement je vous l'avoue. Alors, sans exhibition de ma part, sans voyeurisme de la vôtre, nous allons suivre le trajet classique et fréquent des adolescents en mal d'amour, qui meurent de leur mal d'aimer.

Quant à toi qui me lis, sache bien que même si tes relations avec tes parents sont bonnes, que tu te sens à l'abri de toute cette laideur, sache bien qu'il faut que tu restes vigilant. Pour une raison X ou Y, un jour, ta vie peut s'abîmer, se déchirer, tout comme la mienne. Et si tu es vraiment très fort et que tu ne tombes pas dans le piège, pense à ceux qui y sont tombés, et aime-les, ne juge pas : derrière leur allure parfois agressive ou choquante, il y a un appel, un cri ; sache l'entendre.

D'avance, merci pour eux.

Cannes
Découverte de la prostitution

Le routier que m'avait trouvé D... pour me conduire à Cannes était un homme plutôt gentil. Je ne sais si D... avait jugé bon de le prévenir sur ma situation de mineur en fugue, en tout cas, pendant le trajet, il n'y a pas fait allusion. Il m'a déposé à Cannes à six heures du soir, en bas du Suquet, à la gare routière pour être plus précis. Il ne s'est pas attardé et je me suis retrouvé seul dans cette ville qui m'était alors inconnue. Bien sûr, comme tout un chacun, j'avais une idée « carte postale » de la ville. Palaces, palmiers, luxe, personnalités en vacances dans ce petit éden. A part ces clichés, rien, si ce n'est la certitude que c'est dans une ville comme celle-là que l'on pouvait être heureux et libre. C'est vrai, Cannes, c'est tout cela ; les palmiers et les palaces sont bien au rendez-vous, la mer aussi bien sûr. Mais, pour le moment, ma situation financière me préoccupait plus que la découverte des plaisirs cannois. Même si D... m'avait donné deux cents francs, cette somme ne suffisait pas à payer un hôtel, ou un restaurant. Pour pouvoir réfléchir tranquillement, je me suis assis dans un jardin public. J'ai pensé à mes parents, mais peut-être pas de la manière qu'on peut le croire. Désormais je ne voulais pas risquer, comme la première fois, un rapatriement entre deux gendarmes. Dans ma tête, la rupture était consommée ; plus tard je reviendrais une fois majeur et là, je te montrerais, Papa, que ton fils n'est pas un incapable comme tu l'as si souvent laissé entendre. Toi, Maman, je reviendrais... te demander pardon ; c'est sûr, tu comprendrais, tu pardonnerais. Et puis toi, Mérotte, tu sauras bientôt où je suis. Laisse-moi le temps de trouver un logement, un petit travail même. Je sais que tu ne veux que mon bonheur, alors je te dirai tout, ce sera notre secret à nous.

De ces pensées d'avenir, je fus tiré par un garçon qui m'a abordé. Panique. Et si c'étaient les flics ? A ma tête, il a dû comprendre ma méprise, cela l'a amusé. Il m'a rassuré et m'a dit que, s'il me demandait pourquoi j'étais là, c'est tout simplement qu'ici on n'aimait pas les « nouveaux », ça faisait du tort, comme il disait. En effet, je ne m'étais pas rendu compte que la tombée de la nuit aidant, le jardin public s'était animé. Plusieurs jeunes garçons y étaient arrivés et discutaient entre eux. Sans faire de parano, il m'a bien semblé que j'étais l'objet de leur conversation. A mon interlocuteur, j'ai répondu que je ne faisais rien, et que, surtout, je ne cherchais pas à faire de tort à qui que ce soit. Non, j'étais en vacances, point final. Apparemment mon interlocuteur ne sembla pas satisfait de ma réponse et, d'ailleurs, il ne se gêna pas pour me le dire : « Écoute, sois gentil, garde tes salades pour les flics, tu vas pas me la faire à moi. Ici c'est le coin où je travaille, ainsi que les autres là-bas, alors si tu empiètes sur le territoire, si tu vas bouffer notre pain, on ne sera pas copains. »

N'étant pas d'une nature belliqueuse, j'ai tenté de lui expliquer sa méprise mais les mots ne sont pas venus, et je me suis mis à pleurer. Le chef de la bande devait être un tendre, il a commencé à me parler plus gentiment. Bien sûr, il savait que ce n'était pas facile, que lui aussi, un jour, avait dû se faire une place, etc. Pour moi, c'était de l'hébreu. « Tu sais où coucher au moins ? » Au point où j'en étais, autant tout dire, et j'ai déballé mon histoire. Il n'a pas paru choqué, loin de là ; on aurait dit qu'il la connaissait cette histoire. Lui aussi, un jour, avait dû rêver de palmiers, de liberté. Mon histoire, c'était la sienne, c'était celle des autres garçons qui traînaient dans ce jardin. « Bon d'accord, on va arranger ça. Écoute bien, ici, pour s'en sortir, il n'y a pas trente-six solutions. Tu es jeune, tu n'as pas l'air trop con, je vais t'expliquer. Ici il y a des vieux qui payent pour passer un petit moment avec des jeunes comme toi, ils sont pas trop exigeants ; en plus, si tu leur plais, ils font volontiers des petits cadeaux. Un bon tuyau : tu dis « amen » à tout ce qu'ils peuvent dire. N'oublie pas de leur dire que tu es mineur, ils aiment, ça les excite. Bien sûr, tu fais que ce que tu as envie de faire; et puis, surtout, tu demandes toujours l'argent avant; le prix de départ, c'est deux cents francs. Si tu fais l'affaire, ils te garderont pour la nuit. »

J'avais compris; ce qu'il me suggérait là, c'était ni plus ni moins que de me vendre à des messieurs en mal de partenaires. Bien sûr, l'idée me dérangeait un peu, mais comme, apparemment, c'était la solution qu'avaient choisie ces jeunes et qu'ils n'avaient pas l'air spécialement malheureux, pourquoi pas? De toute façon, ma situation ne me laissait guère le choix. C'était ça ou rien. L'idée de rentrer chez mes parents ne m'a même pas effleuré; pour moi, c'était exclu et puis je pensais que tout ceci serait provisoire. D'ailleurs, mon « initiateur » venait d'avoir une idée : ce soir, il devait voir un de ses clients attitré, et comme ce client n'avait rien contre les nouvelles rencontres, il payait le gigolo qui lui présentait un partenaire. Jeune tant qu'à faire. D'après mon « collègue », il savait être très généreux. Il n'y avait plus qu'à l'attendre. Comme il venait en voiture, il valait mieux sortir du jardin pour l'attendre sur le trottoir; ainsi il nous verrait. Dernière recommandation : me méfier de la 4 L beige des mœurs. « Ils sont toujours trois dans la voiture et ils t'embarquent au poste de police pour la nuit. Mais comme c'est l'hiver et qu'il n'y a pas beaucoup de touristes, ils ne sont pas trop regardants. » S'il le disait...

Le fameux « ami » de mon chaperon n'a pas trop tardé, le temps de faire demi-tour sur la Croisette et le voilà devant nous. Présentation rapide : « C'est un nouveau ». La marchandise avait l'air de lui convenir, et après avoir donné de l'argent à l'autre pour le remercier, il m'a ouvert la portière et m'a invité à monter dans sa voiture. Le sort en était jeté. Malgré le clin d'œil rassurant de mon « collègue », je n'étais pas très à mon aise. La voiture était belle, de marque anglaise, une Bentley, je crois. Le monsieur respirait l'aisance financière et, surtout, il n'avait rien d'un détraqué, d'un maniaque. Il était poli, prévenant, et surtout très à l'aise. Tout le contraire de moi. Nous avons quitté Cannes pour nous rendre chez lui. Il habitait le quartier résidentiel de Cannes, la Californie, une suite de résidences luxueuses bâties sur une colline qui domine Cannes. Tout respirait l'aisance, la douceur de vivre. Les habitants des lieux ne devaient pas connaître les fins de mois difficiles.

Soyons francs, pour le moment je ne réalisais pas très bien le pourquoi de ma présence dans ce milieu privilégié. D'accord, j'avais déjà eu des expériences homosexuelles, mais jamais je ne m'étais vendu, jamais je n'avais loué mon corps. Dans ma tête, ce n'était pas de la prostitution au sens où l'entend généralement ; c'était une sorte de plan Orsec, une sorte de dépannage en attendant de trouver un job quelconque. D'ailleurs, c'est comme cela que le gigolo me l'avait plus ou moins présenté.

Après être entrés dans la résidence où ce monsieur habitait, à l'aide de systèmes électroniques pour l'ouverture des grilles, pour l'ouverture des garages souterrains, et après qu'il ait salué les maîtres-chien chargés de la tranquillité de ces nantis, nous sommes enfin arrivés dans son appartement. Rien à voir avec le H.L.M. où j'avais grandi. Tout ce décorum me rappelait un peu un film à la James Bond. Dans le salon, sur une table, un repas était servi pour deux personnes. Il m'a demandé si j'avais faim et, avant que j'aie pu répondre, il me dit que lui mangerait bien quelque chose. Du coup, nous sommes passés à table.

Avant de s'asseoir, mon « hôte » a fouillé dans son portefeuille et en a sorti deux billets de cent francs, en me disant : « Tiens, ton petit cadeau. » Bêtement, j'ai dit merci. Les choses étaient dans les règles. Il était client, moi j'étais là pour le contenter. A partir de ce moment, j'ai saisi la nature de nos rapports. Pendant le repas, il a beaucoup parlé de sujets et d'autres, mais surtout d'art grec ; à en juger par le nombre de statues d'athlètes grecs, c'était sa grande passion. Avec les souvenirs scolaires qui me restaient sur la Grèce antique, j'essayais de mon mieux de répondre pour meubler la conversation. L'ambiance était culturelle, l'érudition de mon interlocuteur en la matière était grande et, chose bizarre, aucun propos vulgaire ne sortait de sa bouche. Je me disais qu'après tout, ce n'était pas si terrible que cela et que la situation n'était pas trop scabreuse.

Après le repas, il m'a demandé d'aller prendre une douche. Il m'a montré la salle de bains et m'a regardé me déshabiller et me doucher. Pendant que je prenais ma douche, il s'est déshabillé et a commencé par me poser des questions sur moi : mon âge, d'où je venais, etc. J'ai remarqué que quand je lui ai annoncé que j'avais quinze ans et demi, cela ne l'a pas gêné, bien au contraire, puisqu'il est rentré en érection et a commencé à se masturber. Son regard allait et venait sur les différentes parties de mon anatomie. Apparemment je lui plaisais beaucoup. Ne m'a-t-il pas dit que j'avais un corps d'éphèbe et qu'il était très difficile, désormais, de trouver des jeunes garçons ? Il avait l'air ennuyé par la chose. Moi, pendant ce temps, loin de voir un côté esthétique à la chose, je trouvais que la situation était assez dégradante pour moi et aussi un peu pour lui. Sous le couvert artistique, historique, voire intellectuel, de notre relation, je sentais quand même que tout cela servait à masquer un côté pervers. Il prenait son plaisir en regardant des jeunes garçons nus, et sa sexualité m'apparaissait comme sale. Après m'avoir examiné sous tous les angles —

au cas où une maladie vénérienne quelconque, chancre, taches sur la peau, m'aurait atteint — et une fois rassuré sur la chose, tout en s'excusant — car d'après lui c'était désormais malheureusement assez fréquent —, il m'a demandé si je voulais dormir chez lui. Bien sûr, il rajouterait un petit supplément « pour me dédommager ». D'après lui, les amateurs ne devaient pas manquer, il ne voulait pas croire que c'était la première fois. Il connaissait la musique, comme il disait, et puis le gigolo qui avait servi d'entremetteur lui avait déjà présenté beaucoup de partenaires qui n'en étaient pas à leur coup d'essai. S'il continuait à avoir affaire à lui, c'est uniquement que sa situation ne lui permettait pas de draguer dans les lieux habituels, par crainte de se faire contrôler par la police.

Dans le lit, de nouveau il s'est masturbé mais, cette fois-ci, il a demandé un petit effort de ma part, il a tenu à ce que, moi aussi, je me masturbe. J'ai dû faire appel à toute mon imagination pour pouvoir, moi aussi, avoir une érection. Après cette masturbation à deux, le maître des lieux s'est endormi, moi pas. C'était très net dans ma tête : je m'étais prostitué et l'idée me dérangeait. Mon plan Orsec, en fait, était un plan galère. Mais j'étais en fugue, ne l'oublions pas ; j'étais livré à moi-même et je ne pouvais compter que sur moi pour ma subsistance. A ceux qui pensent que j'aurais dû rentrer chez mes parents et oublier cela, je réponds que lorsqu'on est en fugue, la peur et la honte du retour souvent dominent et, généralement, on préfère galérer, mais galérer seul. L'autonomie se paye très cher.

Au réveil, mon premier client a continué à se montrer aimable. Après le petit déjeuner, il m'a proposé de me ramener sur Cannes. Une fois en ville, il m'a proposé de nous arrêter dans un magasin de vêtements de la rue d'Antibes. Il tenait sans doute à me remercier d'avoir passé la nuit avec lui, il payait tout, même ma présence. Les patrons du magasin le connaissaient bien et il n'ont pas paru étonnés quand il a dit : « Le jeune homme a besoin d'habits », non que les miens fussent sales ou démodés mais lui me voyait plutôt en jean, sweat shirt, baskets... Bref, il m'a payé ma première tenue de gigolo. L'habillement joue un grand rôle pour la clientièle : il faut faire jeune ; en lycéen, c'était parfait. Les patrons du magasin semblaient d'accord avec lui et ils ont ajouté qu'en effet, c'était beaucoup mieux ainsi. En fait ce n'est pas innocemment qu'il m'avait amené là, il voulait montrer le gigolo qu'il s'était déniché. L'hiver à Cannes, c'est la période creuse pour ce genre de commerce, alors entre eux, ils se repassent les tuyaux. Du coup, en me montrant, il m'avait trouvé d'éventuels clients. C'est simple et logique.

Avec mes fringues neuves — j'avais tenu à les garder sur moi —, je me suis donc retrouvé dans Cannes ; pour tuer le temps, j'ai visité la ville.

Plusieurs sentiments se bousculaient dans ma tête à la suite de cette expérience. Malgré la gêne et le dégoût que je ressentais, en même temps un grand sentiment de liberté m'envahissait. J'étais libre, plus de contrainte familiale, même si j'avais une autre forme de contrainte ; dans mon esprit, il était bien clair que ce qui s'était passé n'était qu'un incident de parcours, qui ne se reproduirait pas.

En effet je voulais trouver un emploi de serveur ou quelque chose comme ça pour ne plus avoir recours à ce genre d'expédient. Malheureusement pour moi, mes quelques tentatives se sont avérées vaines. Pour trouver un emploi, il faut des papiers d'identité et, comme je m'étais débarrassé des miens pour que l'on ne puisse pas connaître mon âge..., les réponses étaient toujours négatives ; de plus les regards suspects des gens auxquels je m'adressais m'ont fait craindre une éventuelle dénonciation. Si bien, que le soir venu, je suis retourné dans le fameux jardin public.

Comme la veille, une certaine activité a commencé vers vingt heures ; j'ai même retrouvé mon gigolo entremetteur. Évidemment, il m'a demandé comment s'était passée ma rencontre. Il avait remarqué mon changement de look, et sans que je lui dise quoi que ce soit, il m'a dit : « Tiens, le vieux t'a refringué. » Décidément, dans ce milieu, on est perspicace. De ma nuit, j'ai simplement dit que ça s'était bien passé, qu'il n'avait pas été trop compliqué et qu'en plus, il m'avait fait manger. Cela non plus ne l'a pas étonné, il faisait systématiquement manger tout ceux qu'il ramenait. Pour sa part, lui le trouvait très bien, vu que ses exigences étaient simples à satisfaire, et que, question argent, il était réglo. Le seul truc qui l'embêtait, c'était qu'il fallait écouter toutes ses « conneries », comme il disait, sur l'art grec. Il ne devait pas renouveler bien souvent ses conversations. En tout cas, lui était ravi pour moi et pour lui aussi, car avec l'argent que mon client lui avait donné, il n'avait pas cherché à travailler, il était rentré à son hôtel.

Il s'est enquis ensuite de mon logement ; quand il a su que je n'en avais pas, il m'a dit que c'était problématique, car traîner dans la rue était la meilleure façon de se faire embarquer par les flics : par ici, les « sans domicile fixe » étaient plutôt mal vu, standing oblige. Pour sa part, il connaissait bien un hôtel pas trop regardant au sujet des papiers, du moment que l'on payait sa chambre régulièrement. Mais, de son propre aveu, en cette saison, c'était dur de trouver un client tous les soirs et, bien souvent, il fallait passer la nuit à la « dure » sur la plage publique, en prenant soin de la quitter avant sept heures car les flics la contrôlaient tous les matins. Pour se laver, il y avait les toilettes de la gare. Mais, d'après lui, en se débrouillant bien, en travaillant aussi un peu dans l'après-midi, il y avait toujours un moyen, même si, pour trouver un lit, il fallait passer la nuit chez un client...

Tout cela m'apparaissait parfaitement organisé. Je ne me trompais pas. C'était, d'après mon « collègue », un boulot comme un autre, ce n'était pas trop crevant et surtout assez bien payé. Le seul problème, c'est que la clientèle se lasse vite ; c'est la raison pour laquelle on m'avait accueilli plutôt froidement la veille. J'allais faire ma « nouveauté », comme il disait, et c'était sûr, je représentais une concurrence sérieuse pour les autres. Lui, ça ne le dérangeait pas trop car il connaissait du monde ; en servant d'entremetteur, il touchait une petite commission : rajoutée à quelques clients attitrés, cela lui permettait de s'en sortir.

D'avoir parlé lui avait donné soif et il m'a dit que, de toute façon, ce soir il ne « le sentait pas », il valait mieux essayer de trouver « affaire » dans un bar. Me fiant à sa vieille expérience en ce domaine, je l'ai suivi et nous avons atterri dans un bar en bas de la Croisette. Bar tout à fait respectable au demeurant. Le patron était un ami de mon compagnon, et il était au fait de tout ce qui se passait dans le Cannes by night : une figure locale en quelque sorte. J'appris également que c'était un lieu de drague homosexuelle et que, de temps à autre, on pouvait y dénicher un micheton, c'est-à-dire un client.

Même en buvant un verre, ses « activités » ne le quittaient pas ; on aurait dit qu'il était en service vingt-quatre heures sur vingt-quatre. D'ailleurs il revendiquait haut et fort son statut de gigolo professionnel. Je n'ai pas eu besoin de lui demander pourquoi il faisait cela, il me l'a dit lui-même. Bien que n'étant pas homosexuel (soi-disant), il trouvait qu'il valait mieux faire cela plutôt que de travailler en usine. Un tel argument ne se conteste pas (!) et même si j'en avais eu envie, je n'aurais pas osé le faire, tout étonné et admiratif que j'étais devant une telle « philosophie ». En plus, je voyais bien que sa connaissance du lieu me serait utile, les usages en cours dans la région n'avaient pas de secret pour lui, donc autant valait ne pas le froisser avec mes répugnances personnelles.

Il m'en apprenait long sur la façon d'agir avec les clients ; lui, par exemple, n'acceptait pas la sodomie, il sodomisait à la limite si, financièrement, il y avait le « paquet », comme il disait. La fellation n'était pas non plus au programme, à part, bien sûr, si c'était le client qui la faisait. Sa devise : en « donner » un minimum, en toucher un maximum. D'après lui, les clients n'aimaient pas les gigolos trop « faciles » ; ils payaient mieux s'ils sentaient une certaine résistance ; si on cédait trop vite, le client ne vous respectait pas et il profitait au maximum de votre personne.

Après ce laïus, j'en savais assez long pour pouvoir, à mon tour, commencer à m'y mettre. De plus, vu la description des différents services demandés, ce n'était pas si terrible que cela. Dans ma tête, j'ai signé le contrat, un bail qui allait durer dix ans...

Mon compagnon et désormais collègue à part entière m'a demandé si j'avais envie de travailler ce soir. Je lui ai répondu que, question finances, ce n'était pas très brillant. Il devait me rester cent cinquante francs et, si je voulais dormir à l'hôtel, il valait peut-être mieux essayer de trouver un client. Il a réfléchi, puis il m'a dit : « Écoute, pour ce soir, laisse tomber. On va aller à mon hôtel, tu dormiras, et demain il sera toujours temps de voir. » D'un côté, c'était plutôt sympa comme invitation, je n'avais pas trop envie d'aller chercher le client et d'un autre, comme je l'ai déjà dit, je ne voulais pas le froisser en refusant. Comme il était encore tôt, nous avons remonté la Croisette, mais nous nous sommes quand même arrêtés au jardin public, histoire de voir si des fois « ça marchait ». Les rares gigolos qui s'y trouvaient n'avaient pas l'air d'être surchargés par le travail, un point de plus pour mon compagnon qui disait qu'il ne le sentait pas, que ce n'était pas la peine d'essayer. Un dernier bar avant de rentrer, toujours dans le même style : lieu de rencontre homosexuel bon chic bon genre, et puis direction de l'hôtel.

Pour accéder à la chambre, il a d'abord fallu déjouer la surveillance du veilleur de nuit. Une fois la chose faite, nous sommes arrivés dans la chambre qu'il occupait. Il m'a dit que le patron de l'hôtel n'aimait pas les allées et venues et que les visites étaient interdites. Et même si le patron l'avait à la bonne puisqu'il payait régulièrement, il valait mieux être discret. La chambre était tout à fait banale et surtout minuscule ! A Cannes, ce n'était pas facile de trouver une chambre, même hors saison.

Pour tuer le temps, il a continué à me parler de lui, surtout de ses activités, des clients qu'il avait rencontrés, des cadeaux qu'il avait reçus ; la montre Cartier qu'il arborait au poignet était le souvenir d'une nuit passée avec un Saoudien. Je lui ai demandé son âge et il m'a avoué avoir vingt ans, mais il en annonçait dix-sept aux clients, cela leur plaisait plus. Du reste ses prestations n'étaient pas réservées qu'aux messieurs ; de temps en temps, il rendait « service » à des dames mais c'était plus embêtant, selon lui, car les homosexuels payaient mieux et, surtout, ils étaient moins exigeants que les dames. Toutes ces explications étaient « passionnantes », mais son côté sûr de lui m'énervait un peu.

Enfin, toujours pareil ! Il fallait ménager sa susceptibilité : il pourrait m'être utile et, surtout, c'était la seule personne que je connaissais à Cannes. Enfin il a montré le désir de se coucher. Il avait une façon très spéciale de se déshabiller, de mettre son corps en valeur, une déformation professionnelle certainement. Son corps était son gagne-pain et il en prenait le plus grand soin. Ce soir-là, le fait que son bronzage s'en aille le chagrinait beaucoup. Il n'était pas efféminé, il était même assez viril dans son comportement.

Quand je me suis déshabillé à mon tour, j'ai vu qu'il me regardait et que, comme mon client de la veille, il me détaillait sous toutes les coutures. D'après lui, mon corps était très bien. Le fait que mon système pileux ne soit pas trop développé, c'était parfait. Les clients voulaient du jeune, merci je l'avais compris.

Bien sûr, il a eu du mal à s'endormir ; le fait qu'il m'ait hébergé n'était pas complètement gratuit. Ce qu'il ne faisait soi-disant pas avec ses clients, il ne répugnait pas à le faire avec d'autres, en l'occurrence avec moi. Je n'ai pas résisté. Sa soi-disant hétérosexualité, j'avais compris que c'était du bidon, alors, ma foi, j'ai laissé faire en me disant quand même que, décidément, dans le coin, tout le monde avait l'air de profiter de toutes les occasions pour arriver à ses fins.

Dire qu'il m'a dégoûté serait faux ; j'ai pris du plaisir également, pour être franc, mais ce n'était pas de véritables rapports sexuels, tout au plus de la masturbation en duo, une sorte de touche-pipi, peut-être plus élaboré de par les fellations ; en tout cas, il n'y a pas eu pénétration. Après l'« acte », en fumant une cigarette, il m'a demandé de ne parler à personne de ce qui s'était passé, non par honte, comme mon receveur des postes, mais plutôt pour ne pas nuire à son image de marque auprès des autres gigolos et, surtout, auprès de ses clients. Il m'a complètement sidéré ; décidément, sa vision de la vie s'arrêtait à son bout de trottoir.

Après cette autre expérience, je connaissais désormais beaucoup mieux le milieu homosexuel, et, surtout, le milieu de la prostitution masculine. Mon initiateur en ce domaine m'agaçant quelque peu, j'ai décidé de me débrouiller le plus possible par moi-même. Son côté « je sais tout » me déplaisait, et son assurance forcée me dégoûtait. Enfin, je n'ai su que plus tard qu'il était d'une mythomanie maladive, et qu'il ne supportait pas qu'on le contrarie. Heureusement pour moi, j'ai toujours fait semblant de croire tout ce qu'il me disait.

J'ai donc commencé à me prostituer régulièrement ; désormais je me rendais tous les soirs dans ce fameux jardin public. C'était l'hiver et la clientèle était peu nombreuse ; plus d'une fois j'ai dû me résoudre au fameux système D : aller dormir sur la plage et faire ma toilette dans les WC de la gare de Cannes. Au sujet des clients, c'était à peu près ce que m'avait dit l'autre, mis à part que, contrairement à ce qu'il disait, la clientèle était parfois plus exigeante que ce qu'il voulait bien me laisser croire. Souvent, certains clients avaient des exigences bien précises, notamment en ce qui concerne la sodomie. Au début, bien sûr, j'ai essayé de résister mais, sous le prétexte d'un petit cadeau supplémentaire, souvent ils essayaient d'arriver à leurs fins. Si l'appât financier ne marchait pas, alors parfois la force était employée. C'est comme cela que je me suis fait sodomiser la première fois.

De prime abord pourtant, le client n'avait rien de quelqu'un de violent, il était poli et, une fois le tarif de base accepté, il m'a amené chez lui. Il habitait Cannes même, dans une résidence en haut de la rue d'Antibes. Comme tous mes clients jusqu'ici, il avait une aisance financière facilement décelable à son appartement, sa façon de s'habiller, de payer sans rechigner.

Si l'on voulait établir un portrait-robot des clients, ce serait chose simple : une moyenne de cinquante ans, célibataire ou divorcé, une bonne profession, un train de vie élevé et surtout une grande attirance pour tout ce qui est jeune garçon. Pour justifier ceci, les raisons et les moyens ne leur manquent pas : il y a les homosexuels qui ne se cachent pas et qui se payent un peu de bon temps avec un gigolo, c'est la solution de facilité ; d'autres prennent une couverture artistique et historique, comme mon premier client, des nostalgiques de la Grèce antique. Et puis il y a les bisexuels qui se veulent affranchis en pratiquant l'homosexualité de temps à autre, ceux qui se disent déçus par les femmes à la suite d'expériences malheureuses, et même certains qui poussent le bouchon plus loin en disant que les femmes, ne voulant ou ne sachant pas fellationner, ils préfèrent avoir recours à un gigolo ; mais ils ne se prétendent pas homosexuels pour autant. Comme on le voit, ils vivent plutôt mal leur homosexualité et tentent de la justifier d'une manière ou d'une autre.

Pour en revenir à mon client, il était plutôt du style bisexuel affranchi. Au début, tout s'est passé normalement, il était calme et je ne me méfiais pas du tout de lui. Après m'avoir réglé mes deux cents francs et s'être déshabillé, il voulut une fellation. Jusqu'ici rien que quelque chose de banal mais, l'excitation aidant, il s'est mis en tête de me sodomiser. J'ai dit non et j'ai pensé que cela suffirait à calmer ses esprits. Il avait malheureusement de la suite dans les idées, alors il a commencé par me proposer plus d'argent, cent francs en plus, exactement ; j'ai refusé, non pas que je trouvais le supplément trop maigre, mais tout simplement parce que je n'en avais aucune envie. La sodomisation, pour moi, c'était un cap que je ne voulais pas franchir; c'était pervers à mes yeux et puis j'imaginais bien que cela devait être dangereux et, surtout, douloureux. Après lui avoir dit non plusieurs fois, j'ai perdu patience et je me suis levé du lit, en lui signifiant bien qu'il n'en était pas question et que, s'il s'acharnait, je partirais purement et simplement. Mal m'en prit. Il s'est levé à son tour et il a couru vers la porte d'entrée pour la verrouiller. L'expression de son visage avait changé du tout au tout et j'ai compris que, de gré ou de force, il ferait tout pour arriver à ses fins. Il m'a jeté de force sur le lit et a commencé par essayer de me retourner. Malgré son âge, il était très fort et j'avais beaucoup de mal à résister; de plus la peur me paralysait et j'essayais bien de lui faire entendre raison mais rien n'y faisait. J'ai fait la gaffe de ma vie: je lui ai avoué n'avoir jamais fait cela. J'aurais dû me taire car cela l'a excité.

En fait, son truc, c'était le viol pur et simple. Pour ce genre de clients, le viol représente une sorte de défoulement, de vengeance aussi vis-à-vis du gigolo qui, à ses yeux, est le symbole de sa sexualité bizarre et tarée. A l'époque, le côté psychologique m'intéressait très peu, même pas du tout, et devant cette violence, j'étais pétrifié. Quand j'ai compris que mes suppliques et dénégations ne servaient à rien, si ce n'est qu'à l'exciter davantage, j'ai capitulé. Capitulé est un bien grand mot, j'ai laissé faire. Une telle rage m'envahissait que les larmes coulaient toutes seules. Je ne pensais même pas à la douleur, je le haïssais, point final. De plus il se sentait obligé de faire des commentaires du style: « Allez, ne me dis pas que c'est la première fois. Les gigolos, je connais. Vous êtes comme les putes, il faut vous mater. » Pauvre type, s'il savait... A la limite j'aurais pu avoir pitié, mais le fait qu'il cherche une excuse à un tel comportement m'écœurait. Quand il eut fini, après que son esprit malade se soit calmé, je me suis levé et j'ai été dans la salle de bain me laver, me purifier. C'était trop dur, j'en avais marre, je voulais tout plaquer, rentrer chez mes parents, tirer un trait.

Il était toujours sur le lit quand je suis sorti de la salle de bain, il me regardait l'air content de lui. C'en était trop, son air ironique m'a exaspéré et je lui ai sauté dessus, il fallait que je me libère, que je me venge. J'ai pris au vol le premier objet qui m'est tombé sous la main, en l'occurrence sa lampe de chevet, et je lui ai cassé sur la tête. Il ne s'attendait pas à une telle réaction de ma part, il était surpris, et, cette fois-ci, c'est lui qui a demandé grâce. Je lui avais ouvert l'arcade sourcillière et il saignait, tout comme moi tout à l'heure car, en me pénétrant, il m'avait déchiré. Il m'a dit de prendre mon argent et de partir — les clefs de l'appartement étaient sur la commode —, il me suppliait presque. J'ai ouvert et je suis parti. En descendant, j'ai entendu qu'il proférait des menaces de vengeance à mon égard, c'était vraiment le comble.

Dehors, j'ai marché jusqu'à ce fameux café où j'avais été boire un coup avec mon gigolo et initiateur. Le patron m'a demandé si j'avais un problème, vu la tête que je devais avoir. J'ai dit non. Ce n'est pas le genre de chose dont on se vante. Ensuite je suis allé à la pharmacie chercher du coton et de l'alcool, et j'ai été soigner ma déchirure dans les toilettes de la gare. En sortant, je suis tombé sur mon gigolo, il était au courant que quelque chose n'allait pas. Le patron du bar lui avait dit que j'avais une drôle de tête ; je lui ai raconté l'histoire, et il m'a dit simplement : « Ce sont les risques du métier. » D'après lui, cela arrivait rarement et cela m'apprendrait à mieux choisir mes clients. Pour remonter le moral, chapeau ! Il s'y entendait. Mais je n'ai rien répondu, j'ai laissé dire.

Il m'a proposé d'aller faire des courses avec lui, pour me changer les idées, comme il disait. Pourquoi pas ? En fait de courses, c'est dans les bars que nous avons été, et j'ai noyé mes résolutions de retour à la maison dans l'alcool. C'était un remède comme un autre.

Par la suite, je me suis aperçu que ces agressions étaient plus fréquentes que ce qu'il voulait bien dire. Au fil du temps, j'ai appris à anticiper ce genre de réactions et à calmer ma peur devant un tel comportement. Mais, pour le moment, il y avait seulement un mois que j'étais à Cannes et j'allais fêter mes seize ans. Je les ai fêtés sur le trottoir, seul et, comme par hasard, ce fut une soirée sans client, donc sans argent. Une soirée triste.

Peu de temps après, j'ai rencontré L... Il était réceptioniste dans un grand hôtel. J'ai fait sa connaissance sur la Croisette, un soir de pluie : le boulot ne marchait pas, et lui, de son côté, profitait de son jour de congé pour draguer. Nous avons discuté et nous sommes partis chez lui à Vallauris. Il n'était pas client, il cherchait l'aventure, et moi j'en avais marre de cette pluie. De là est née une liaison qui a duré pendant tout mon séjour cannois. Je recherchais auprès de lui l'affection qui me manquait. Il était contre mon « métier », et il voulait me faire entrer dans son hôtel en temps que groom. Le hic, c'est que je ne lui avais pas avoué mon âge et ma véritable situation. Pour ne pas perdre, disons son affection, j'ai dit que travailler ne m'intéressait pas, que je préférais ma « liberté ». Il n'a pas insisté, et il a respecté ma « décision ». De plus, je n'habitais pas avec lui, je le voyais seulement le lundi et le mardi, ses jours de congé. Il reprenait son travail le mercredi à sept heures du soir, ce qui fait que du lundi soir au mercredi soir, j'étais chez lui ; cela me permettait d'avoir un logement assuré, de décompresser de mes clients : c'était mon congé à moi aussi. Pendant ces deux jours, je me reposais et L... m'emmenait faire des ballades à Nice ou bien dans l'arrière-pays. Ma vie à Cannes était bien organisée désormais, moitié tapin, moitié chez L...

Bien sûr, j'ai eu affaire à la police. Je me suis fait ramasser sur la Croisette, alors que j'étais en train de travailler. Ils m'ont demandé mes papiers, je ne les avais pas, évidemment ; ils n'ont pas insisté et m'ont demandé de les leur donner verbalement. Je me suis inventé une identité bidon, et cela s'est très bien passé. Ainsi j'ai réussi à me faire ficher en tant qu'homosexuel notoire et prostitué masculin de surcroît, photo à l'appui et prise de mes empreintes en supplément.

Je crois que la police des mœurs était surtout intéressée par le « remembrement » de la population homo et surtout des gigolos. Tant qu'il n'y en avait pas trop, tant que ce n'était pas trop voyant, ils laissaient faire. Les apparences d'abord. Du moment qu'on ne racolait pas sur la Croisette ou dans la rue d'Antibes, on pouvait « travailler ». Discrétion avant tout ! Cannes, c'est l'apparence, et cela tient surtout à la personnalité des gens qui résident. Tous ces gens fortunés qui y viennent et qui se payent un peu de « bon temps » sont difficiles à interpeller. Notoriété, profession plus qu'honorable, etc. On préfère éviter de les embêter pour une histoire de mœurs. De plus, pour les flics, c'est l'engueulade assurée, et s'ils font du zèle, l'intéressé fait jouer ses relations et l'affaire est classée. C'est simple, c'est dans la norme des choses.

Certains clients ne se privent pas de venir chercher un gigolo, une prostituée, en voiture avec le macaron « Corps diplomatique ». Libanais, Saoudiens, Koweitiens, raffolent de la Côte et de ses plaisirs nocturnes. Leur train de vie est fasteux ; ils font travailler l'hôtellerie de luxe, ou bien ils achètent des appartements dans des résidences fabuleuses. Bref, ils font « marcher » la ville ; on pardonne plus facilement leurs petits écarts.

Pour moi, cela me permettait surtout de travailler mon anglais, de connaître les différents palaces cannois et de voir de près ce qu'est le luxe... si prendre mille francs pour une présentation d'une heure en buvant du champagne, et obéir aux caprices et aux fantasmes de ces nouveaux riches (nous étions au début des années 80) dans des suites aux prix mirobolants, c'était du luxe ! Les rois du pétrole n'étaient pas la seule clientèle ; il y avait aussi des industriels de toutes nationalités. Bref, ce qu'on appelle communément le gratin.

Un jour que je racolais sur la Croisette, une voiture de sport s'est arrêtée à ma hauteur. La vitre électrique est descendue et le conducteur m'a demandé si je voulais faire un tour avec lui. C'est la façon polie de demander si on est libre et si on est bien un gigolo. Généralement, plus les clients sont aisés, moins ils veulent entendre parler d'argent pour le gigolo. Ils préfèrent jouer les messieurs compréhensifs qui glissent quelques billets pour la « bagatelle », histoire de « rendre service » à l'être démuni que tu es. Très hypocrite, n'est-ce pas ? Désormais rodé à ce genre d'entrée en matière, je suis monté et mon client a démarré pour m'emmener chez lui. Comme toujours, ce monsieur habitait un appartement dans une résidence que je n'avais jamais visitée jusqu'ici. C'était une résidence au nom égyptien, avec des bas-reliefs de la même origine ; le hall de la résidence était décoré avec des statues de divinités égyptiennes. Le grand luxe ! C'était un voiturier en tenue qui garait votre voiture. Mon client était scandinave, il parlait anglais. Mis à part son lieu de résidence, il n'avait rien de bien spécial, peut-être un peu plus jeune que la moyenne de mes clients, la quarantaine, disons. Il m'a offert à boire : son bar n'avait rien à envier à celui d'un grand hôtel. Nous avons discuté un peu, histoire de débiter quelques banalités : j'étais devenu très fort dans cette sorte de conversation où chacun se moque éperdument de ce que l'autre dit. C'est l'entrée en matière à ce qui va suivre ; mais ils doivent trouver qu'en discutant un peu, ça fait moins client-gigolo.

Donc, comme j'avais appris à le faire, je me suis déshabillé et, tout en me dirigeant vers la salle de bain, j'ai poliment demandé : « My little present » (l'inévitable petit cadeau). J'ai pris une douche et je suis sorti de la salle de bain. Quel ne fut pas mon étonnement quand j'ai vu mon client ! Il s'était changé et portait un uniforme de l'armée allemande. Il était habillé en nazi, rien que ça ! L'uniforme n'était pas complet puisqu'il manquait le pantalon, mais les bottes noires en cuir y étaient, elles. Je me suis demandé ce qui m'attendait ; l'uniforme nazi n'a rien de bien rassurant. Mon client, lui, semblait parfaitement à son aise ; il m'a désigné une enveloppe sur le lit en me faisant comprendre qu'elle était pour moi. Je l'ai ouverte, elle contenait deux mille cinq cents francs, une somme énorme pour une passe. Décidément, c'était de plus en plus bizarre. Sur le lit, j'ai remarqué des menottes et une cravache.

J'avais déjà entendu parler de sadomasochisme, mais jamais je n'avais eu affaire à ce genre de client. Je savais que les gigolos n'aiment pas trop ce genre de « fantaisies ». Bien sûr, la somme proposée était alléchante mais je lui ai dit que je ne pratiquais pas ce genre de rapports. Il a paru surpris et il m'a expliqué que ce qu'il voulait n'était pas compliqué. Il me suffisait de le menotter et de le frapper avec la cravache en l'insultant. Ça changeait tout ! Ce n'était pas à moi de subir les coups, et — je l'avoue — j'étais assez curieux de voir comment on pouvait prendre du plaisir ainsi.

J'ai donc fait ce qu'il m'a demandé ; après l'avoir menotté, j'ai pris la cravache et je l'ai frappé. Il m'a demandé de frapper plus fort. Je n'aime pas la violence et ça me dérangeait un peu. J'ai recommencé, et il a encore demandé que je frappe plus fort. Je me suis dit : « Il est cinglé, mais puisqu'il est attaché je ne risque rien. » J'ai donc frappé très violemment et, tout en criant, j'ai vu qu'il commençait à se caresser le sexe avec ses mains attachées. Il se masturbait en recevant des coups ; de plus, il me suppliait de l'insulter. J'ai donc dû déballer toutes les obscénités que je connaissais dans la langue de Shakespeare. Une fois que j'ai eu épuisé mon répertoire en anglais, j'ai continué en français. Je ne sais pas s'il comprenait, en tout cas il avait l'air content quand même, du moment que c'étaient des insultes... Au bout de cinq minutes de ce « jeu », il a éjaculé. J'étais sidéré de voir cet homme capable d'encaisser des coups violents mais qui, en plus, arrive à jouir. C'était vraiment aberrant. Payer une telle somme pour ça, c'était pour moi de la folie pure et simple.

Si je parle d'un tel comportement, c'est qu'en fait il est beaucoup plus répandu qu'on ne croit. A force d'y être confronté, j'ai posé des questions et j'ai essayé de comprendre le pourquoi d'une telle sexualité. Souvent, c'est dans l'enfance qu'il faut essayer de trouver une réponse. Généralement, ces gens ont eu une éducation très sévère et un problème de communication avec leur père ou leur mère. Malgré la sévérité de leurs parents, ils les aimaient tout en les craignant. Plus tard, une fois adultes, ils recherchent ce même rapport de force avec leur partenaire. Ils ont mal, mais ce n'est pas le gigolo qui frappe, c'est le père ou la mère qu'ils retrouvent et l'amour qu'ils n'ont pas pu leur témoigner dans leur enfance, ils le traduisent plus tard en éjaculant. C'est compliqué à comprendre, assez choquant à voir mais, je le répète, c'est un comportement fréquent.

Ceci concerne le côté « maso » ; pour le « sado », j'y serai confronté plus tard, mais c'est dans l'enfance aussi qu'il faut rechercher le pourquoi d'un tel comportement.

8

RENCONTRE AVEC CHRISTIAN POURSUITE DE LA PROSTITUTION

Cannes n'est quand même pas un « remake » de Sodome et Gomorrhe, mais il est certain qu'il y avait à Cannes une certaine permissivité due, je crois, aux nombreux homosexuels qui y vivaient. Être homo à Cannes n'est pas une tare, c'est une sorte de carte de visite, un plus, comme on dit. On peut s'étonner de la facilité avec laquelle je suis entré dans le milieu de la protitution. Facilité morale : je le dis et je le répéte, c'était une forme de provocation, une exhibition pour accentuer mon désir de différenciation. Cannes, pour cela, m'a été très utile, outre la possibilité de pouvoir vivre de ce que l'on appelle « ses charmes ». Les endroits de drague homo n'y manquent pas. En fait, je m'étais reconstitué une famille dans ce monde de la nuit, assez fascinant pour un adolescent.

Au mois de février, j'ai vu débarquer sur la Croisette une petite bande de jeunes Parisiens. Deux filles et deux garçons. Les filles michetonnaient, comme on dit, c'est-à-dire qu'elles se prostituaient, certes, mais elles racolaient leurs clients, soit dans les grands hôtels, soit dans des bars chics, moyennant un minimum de cinq cents francs. Les deux garçons aussi étaient gigolos, mais le fait de faire le tapin sur la Croisette les dérangeait beaucoup, et eux aussi préféraient « chasser » dans des boîtes ou des bars, ce qui donnait un côté plus sélect à leur prostitution.

L'un d'eux, Christian, avait dix-neuf ans à l'époque. Il était habillé à la dernière mode parisienne, tout comme ses amis, mais ce qui m'a plu chez lui, c'est surtout son sens de l'humour, son côté jean-foutre. Ce n'est pas péjoratif. Quand j'ai connu Christian, il se foutait de tout, mais ce n'était pas de l'inconscience, c'était parce qu'il venait de subir un échec sentimental. En effet, il s'était fait entretenir pendant un peu plus d'un an par un client qui, grâce à son aisance financière, lui avait fait connaître une vie aisée, et même luxueuse, lui qui venait d'un milieu modeste et qui travaillait comme apprenti dans un salon de coiffure (avec un salaire de misère, soit dit en passsant). Christian vivait chez ses parents, avec lesquels il n'entretenait pas de bonnes relations. Du jour au lendemain, il va connaître une vie facile, avec appartement, vêtements de grand prix, bijoux, grands restaurants, hôtels de luxe. Toute la panoplie indispensable à un gigolo entretenu.

Quand je l'ai connu, tout cela était fini ; de sa splendeur passée, il ne restait plus rien, hormis quelques vêtements, un ou deux bijoux. Il fallait désormais qu'à nouveau il assure sa subsistance. Christian avait très mal vécu cette « rupture », le monsieur en question lui ayant préféré un gigolo plus jeune ; ce monsieur avait envie de nouveauté. Christian ne s'en est jamais vraiment remis. Maintenant encore il vit avec ce souvenir. Il y a pour lui la période avant, avec ses fastes, et la période après, avec ses « galères ».

Je pense qu'il faut expliquer la nature des rapports qui existent entre gigolos et clients. Au départ, bien sûr, une attirance physique de la part du client, et l'attrait financier pour le gigolo. C'est ce qui compte en premier, mais souvent des rapports plus ambigus se développent. Étant donné le jeune âge des gigolos en général, pour un peu que le client se montre « gentil », une relation presque affective se crée. De plus, le dénominateur commun à la majorité des gigolos, c'est une enfance où l'affection n'a pas été assez présente. La majorité des gigolos n'ont pas été des enfants martyrs, ni élevés dans des conditions sordides, mais beaucoup souffrent d'un manque d'affection, de dialogue avec leurs parents. A de rares exceptions près, les gigolos ne sont ni des cas sociaux, ni des délinquants en puissance. Simplement des jeunes épris de liberté parce que mal aimés dans leurs familles. Mal aimé ne veut pas dire mal traité, plutôt mal compris, assoiffé d'affection. Tout cela pour dire que n'importe quel adolescent peut « tourner mal » si ce dialogue, ce besoin d'affection n'est pas comblé. Cela donne à réfléchir, personne n'est à l'abri.

Au lieu de penser que c'est le milieu proxénète qui est responsable de la prostitution des mineurs, je pense très fortement que les parents devraient tout faire pour que leurs enfants ne soient pas de futurs candidats au trottoir. Le meilleur remède à cette abomination qu'est la prostitution, c'est dialogue, informations et marques de tendresse. Un adolescent ne s'enfuit pas de chez lui s'il s'y sent bien et surtout s'il se sent compris. Les histoires de ballets bleus ou roses, c'est très médiatique, certes, mais la majorité des gigolos n'ont pas de proxénètes. C'est de la foutaise pure et simple. Ça fait frémir dans les chaumières au moment des informations, c'est tout. Il faut accepter de partager les torts, d'ouvrir les yeux, et surtout de changer de comportement. Il faut une plus grande connaissance des problèmes sexuels, de la sexualité. Il faut repenser l'éducation sexuelle à l'école, mais aussi revoir l'éducation sexuelle à la maison : c'est le rôle des parents. Savoir répondre, même si les questions sont embarrassantes. Être présent, c'est le maître mot. Ne croyez pas qu'en éludant les problèmes et les questions, vous résoudrez quoi que ce soit. Dans mon cas, c'est sur le « tas », en y étant confronté, que j'ai découvert la perversité de mes clients, les différentes formes de déviations sexuelles (le programme est vaste)... Pensez qu'à l'heure qu'il est, des jeunes continuent de se vendre et vivent ce que j'ai vécu. Le temps est venu, non pas de faire disparaître la prostitution parce qu'elle existera toujours (tant que l'argent sera le moteur de la société, beaucoup choisiront la facilité), mais de refuser que nos trottoirs deviennent des sortes d'Éros Center en plein air où, pour deux cents francs, on peut louer les services d'un gigolo de seize ans ou moins.

Mais, à cette époque-là, ce n'était pas mon problème. J'étais sur le trottoir et je devais faire avec. Christian est devenu mon ami, une amitié qui ne s'est pas démentie au fil des années mais une amitié sans connotation sexuelle. J'insiste sur ce fait car cela montre que le capital amour et affection, même chez des gigolos, ne passe pas forcément par le sexe. Nous étions deux adolescents qui cherchaient une issue à leur mal de vivre, et nous y pallions en nous portant une amitié saine. L'amitié, chez les gigolos, c'est important, c'est la pureté qui manque à notre vie. C'est la beauté d'un sentiment face à toutes les laideurs que nos clients nous offrent.

Pendant un an, Christian et moi, sommes devenus inséparables : la « rentabilité » de notre travail s'en est fait ressentir, mais qu'importe, nous nous « éclations » simplement, loin de toutes les turpitudes. Cannes, en ce domaine, est le meilleur souvenir que je conserve de cette époque, la découverte de l'amitié.

Bien sûr, je continuais de voir L... Avec lui, la relation affective passait par le sexe ; j'avais pour lui une grande affection car, sa sexualité, c'était surtout de la tendresse envers moi. Christian, lui, recherchait, avec des amants occasionnels et nombreux, à apaiser son besoin d'affection. Quelques esprits retors pourraient se dire qu'en fait, cette recherche d'affection ne nous empêchait pas d'avoir des relations sexuelles en dehors de nos activités et que, si nous avions été vraiment dégoûtés des exigences de nos clients, nous n'aurions pas eu ces besoins-là. O.K., c'est vrai. J'ai pris du plaisir pendant mes rapports homosexuels mais le plaisir, c'est quoi ? Éjaculer, simplement ? Faire l'amour, ce n'est pas de la masturbation à deux. Qu'est-ce que l'Amour ? Je ne le sais pas encore, j'ai trop pollué mon cœur, mon corps. Je n'ai plus confiance en la nature humaine ; je ne suis pas aigri mais perdu, à cause de l'image déplorable que mes clients et amants m'ont donnée de la sexualité.

Pendant exactement neuf mois, j'ai donc été gigolo à Cannes. J'avais désormais seize ans et demi. L'été est arrivé et Christian est remonté à Paris. Il en avait marre de Cannes ; de plus, le Festival amène beaucoup de prostituées et de gigolos, et le travail s'en ressent. Aussi Christian a-t-il décidé de partir pour continuer ses « occupations » dans la capitale. Cela m'a fait un choc. Bien sûr, L... restait, mais sans Christian, ce n'était plus pareil.

Une idée me trottait dans la tête : j'avais envie de retourner chez mes parents, non pour oublier le monde dans lequel j'étais, mais pour m'y faire émanciper. Ainsi, légalement, je serais tranquille ; beaucoup trop de gens savaient que j'étais mineur. J'étais fiché sous une fausse identité et les contrôles de police se multipliaient ; j'avais peur qu'un contrôle plus « serré » de mon soi-disant état-civil ne mette au grand jour ma véritable identité. J'ai avoué mon âge véritable à L... Ce fut un choc pour lui. Il avait eu, dans le temps, un problème à cause d'un mineur et ne tenait guère à ce que cela se reproduise. Nous avons discuté, et je lui ai demandé de m'aider à rentrer chez mes parents, non pour y rester, mais pour régulariser ma situation. L... s'est montré très compréhensif et m'a suggéré de les appeler. J'ai préféré téléphoner d'abord à ma grand-mère. Quand je l'ai eue au téléphone, ç'a été très dur : que dire ? Comme toujours en pareil cas, les mots ont du mal à venir. Je lui ai fait part de mon intention de rentrer et lui ai dit que je préférais revenir chez elle... A ses questions sur l'endroit où je me trouvais, j'ai refusé de répondre. Ma grand-mère m'a appris que mes parents avaient le téléphone ; j'ai eu leur numéro ainsi. Ensuite L... a appelé la gare pour connaître les différents horaires de trains pour Béziers, et j'ai téléphoné à ma grand-mère pour lui donner l'horaire du train. Je lui ai dit qu'en fait, je prendrais un billet pour Montauban et que ma mère n'avait qu'à venir à Beaumont. L... a payé le billet de train, la valise, plus quelques vêtements, et m'a donné de l'argent de poche : mille francs, exactement. J'ai donc passé ma dernière nuit chez L..., à Vallauris et, le lendemain, à sept heures, j'étais à la gare de Cannes.

Dans la nuit, j'avais eu le temps de penser à ce que serait mon retour chez mes parents. Il était hors de question pour moi de trouver un compromis quelconque. Ce que je voulais, c'était mon émancipation pure et simple, et aussi changer de vie. Comme L... avait une bonne place dans l'hôtellerie, il m'avait fait une lettre de recommandation pour les différents grands hôtels parisiens. Avec ce papier, normalement je devais trouver du travail assez facilement. Pour moi, c'était une garantie de poids pour mon émancipation.

Au téléphone, ma grand-mère m'avait dit que c'est une de mes tantes qui viendrait me chercher; il me suffisait d'attendre à la gare routière (c'était plus facile pour ma tante de venir me chercher là). J'ai téléphoné dès mon arrivée à Montauban, pour rassurer ma grand-mère sur mon retour. Ma tante est enfin arrivée: direction Beaumont, le pays de mon enfance. Ma grand-mère m'a accueilli avec beaucoup d'émotion. Pas de nouvelles de moi depuis un an ou presque! Elle me pensait mort, tout comme ma mère. En tout cas, elle ne pensait pas me revoir. Elle m'a demandé d'appeler ma mère, j'ai préféré que ce soit elle qui le fasse: j'étais quand même assez ému. Ma grand-mère a donc appelé ma mère, mais celle-ci, sous le coup de l'émotion, n'a pas pu me parler. Cela se comprend... Elle allait venir à Beaumont, avec mon père, pour me voir.

J'ai fait part de mes projets à ma grand-mère qui, sans être enthousiaste, n'a pas cherché à m'en dissuader.

Retour à Béziers dans ma famille
Tentative d'émancipation
Envoi à Paris

Le lendemain, ma mère est arrivée, ainsi que mon père. Les retrouvailles ont été dures pour tout le monde. On ne m'a pas posé de questions précises, on voulait surtout éviter que je reparte.

En un an, j'avais mûri, étant donné la vie que j'avais menée, pas en sagesse mais je savais mieux défendre mes positions. Pour régler mon émancipation, il n'y avait pas trente-six solutions. Il me fallait revenir à Béziers pour voir un juge pour enfants, et discuter avec lui de mes projets. Alors, départ pour Béziers, retrouvailles avec mes sœurs, retrouvailles avec un univers que j'avais fui et que je n'avais aucune envie de réintégrer.

Juge pour enfants, discussion avec cette femme juge qui a refusé mon émancipation parce que je ne pouvais pas prouver mes moyens d'existence pendant ma fugue. C'était logique. J'avais été un peu naïf de croire que l'émancipation était une simple formalité. Impasse, me direz-vous. Non. Je refusai de rester à Béziers et mes parents décidèrent de m'envoyer à Paris chez une des sœurs de ma mère pour y chercher du travail. Mon père me proposa cela sur les marches du Palais de Justice, après le refus du juge. Il devait savoir que mon émancipation serait refusée, alors plutôt que de me garder contre mon gré, ma mère et lui avaient trouvé cette solution. Si je passe rapidement sur l'épisode de mon retour chez mes parents, c'est que les choses se sont déroulées très vite. Je pense aussi que mes parents, découragés par mes fugues, n'avaient nulle envie que je reparte. A Paris, au moins, ils sauraient où j'étais, en famille en quelque sorte, chez ma tante.

J'ai donc pris le train pour Paris et je suis arrivé gare de Lyon, où ma tante m'attendait. Premier contact avec Paris, son métro, sa foule... et son mauvais temps. Ma tante est une personne assez cartésienne, elle aime l'ordre et les affaires nettes. Aussi m'a-t-elle donné les consignes à suivre pour ma nouvelle vie, tant que j'étais chez elle. Repas à dix-neuf heures ; le midi, elle travaille dans une mairie. Je n'avais qu'à occuper mes matinées en cherchant du travail avec cette fameuse lettre de recommandation que L... m'avait écrite. J'ai fait tous les hôtels que L... m'avait indiqués ; malgré la lettre, les résultats n'étaient pas probants. C'était bien ma chance !

Je savais que Christian travaillait à Saint-Germain-des-Prés l'après-midi. Profitant de mes après-midi libres, je tentais de le retrouver. Ce n'était pas chose facile, car je ne connaissais personne.

Saint-Germain est un des hauts lieux de la protitution homosexuelle à Paris. Tout se passe dans un périmètre bien délimité. Rue du Four, drugstore Saint-Germain, un quadrilatère où gigolos et clients se croisent, en plein après-midi, à la vue de tout le monde. Un bazar du sexe, version homosexuelle. Si, en mais 68, à Saint-Germain, sous les pavés, il y avait la plage, en 79, sur les trottoirs, il y avait les homos, en veux-tu, en voilà. Le SIDA n'était pas encore passé par là...

Pour retrouver Christian, une seule possibilité : demander aux gigolos s'ils le connaissaient. Christian était connu mais, chaque fois, soit il n'était pas là, soit il venait de partir. Ce jeu de cache-cache a duré deux semaines. Un jour, je suis enfin tombé sur lui, rue du Four ; il allait partir avec un client. Dès qu'il m'a vu, il a laissé tomber son client et nous sommes tombés dans les bras l'un de l'autre. Je lui ai raconté mes péripéties et cela lui a fait plaisir que je cherche du boulot et que j'aie recontacté ma famille. Quant à lui, il continuait le tapin.

L... m'envoyait toujours un peu d'argent. J'avais dit à mon père que, professionnellement, c'était plutôt dur de trouver du travail, mais il ne m'envoyait pas d'argent. Ma tante me donnait un peu d'argent de poche. Comme, malheureusement pour moi, j'avais découvert le moyen de gagner de l'argent autrement qu'en travaillant, la tentation était grande, d'autant que j'avais retrouvé Christian. Il était à Paris la seule personne que je connaissais. Pour être franc, je n'avais toujours pas envie de m'intégrer à la société en travaillant normalement.

On le devine aisément, j'ai recommencé à me prostituer l'après-midi, à Saint-Germain-des-Prés. J'habitais toujours chez ma tante mais, bien sûr, elle n'était au courant de rien. Avoir sa place à Saint-Germain était beaucoup moins facile que d'avoir une place à Cannes. C'est grâce à Christian que j'ai obtenu le droit de me vendre sur les trottoirs de Saint-Germain. A Paris, c'est l'avis des plus anciens qui compte. Comme Christian les connaissait tous et qu'il avait une bonne réputation auprès des professionnels de l'amour tarifé, l'affaire fut entendue. Je n'avais plus qu'à accepter les règles de base : respect des tarifs (casser les prix est une chose très mal vue), ne pas voler les clients pour éviter les plaintes de ces derniers. Tout ceci, je l'avais appris à Cannes mais, à Paris, ces règles semblaient plus « officielles », capitale oblige ! Ce petit manège n'a pas duré longtemps.

Un jour que j'avais installé « mon bureau » devant le Monoprix de la rue de Rennes, rafle. Ce n'était pas comme à Cannes. Là, les policiers en civil patrouillaient à pied et repéraient très vite les gigolos, a fortiori un nouveau. Je me suis fait embarqué et, quand on m'a demandé mes papiers, j'ai tout bêtement sorti la carte d'identité que mon père avait pris soin de me faire faire avant mon départ pour Paris. Mon âge y était écrit, mineur. Satisfaction des inspecteurs, au lieu du PV pour racolage sur la voie publique, j'allais avoir droit au juge pour enfants. J'étais écroulé. Qu'allait dire ma tante ? On m'a demandé où je vivais et j'ai répondu : « Chez ma tante ». Comme elle travaillait, c'est à son bureau qu'ils ont appelé pour la mettre au courant des mes activités véritables. Je me souviens très bien de l'air satisfait qu'affichaient les policiers. Ils m'ont annoncé qu'elle allait venir me chercher, je n'avais qu'à attendre. En raison de mon âge, ils m'ont mis derrière leur comptoir, et non dans la cage grillagée où, normalement, les personnes interpellées sont enfermées. Ils se sont désintéressés de moi et ont préféré rédiger les PV des autres gigolos qui avaient été embarqués. Pour rédiger ces PV, on s'appuie sur l'article R 3413 du Code pénal, qui déclare être en infraction toute personne qui stationne sur le trottoir en vue de s'y prostituer. Les termes exacts sont les suivants : « Allait et venait sur le trottoir en dévisageant les hommes, dans le but évident de se livrer à la prostitution. » Le prix de l'amende était, à l'époque, de huit cents francs.

Pendant que ces messieurs rédigeaient les procès-verbaux, je n'en menais pas large. Que dire à ma tante ? Quelle serait sa réaction ? Autant de questions auxquelles j'aurais préféré ne pas avoir à répondre. Ma tante est enfin arrivée dans ce commissariat de quartier. Sa première question a été de demander où j'étais, car elle ne me voyait pas dans la cage. On m'a désigné derrière le comptoir. J'étais assis sur une chaise et j'avais l'allure d'un petit garçon qu'on aurait mis au piquet. Avec la prestance qui la caractérise, elle a demandé le pourquoi de mon interpellation. Le brigadier lui a tendu le procès-verbal et elle l'a lu sans sourciller, une petite moue de dédain au coin des lèvres. Sans même me jeter un regard, elle a demandé la marche à suivre. Que fallait-il qu'elle fasse ? Je crois que même les flics étaient sidérés par son calme. Le brigadier lui a demandé si j'habitais vraiment chez elle, si elle répondait légalement de moi. A toutes ces questions, elle a répondu par l'affirmative et a demandé où elle devait signer pour me libérer. On lui a tendu le procès-verbal et elle l'a signé. Du coup, on m'a fait sortir de derrière mon comptoir et on m'a dit de partir et de faire plus attention la prochaine fois...

Nous sommes sortis ensemble sans un mot jusqu'au coin de la rue, de manière à ce que le policier en faction ne nous voit plus. Là, les reproches n'étaient pas au rendez-vous ; elle m'a seulement fait part de sa décision à mon égard. Vu le mode de vie que j'avais choisi, il était désormais impossible pour elle de continuer à m'héberger. Pédé peut-être, mais gigolo, certainement pas. De son propre aveu, elle se voyait mal venir me chercher au commissariat le soir après son boulot (O.K. c'est normal). Bref, en quelques mots, elle m'a expliqué qu'à Paris, elle avait sa vie, bien rangée, bien organisée, entre son job et sa vie de célibataire endurcie et, surtout, je crois, ses excellentes relations avec son supérieur hiérarchique (ça, elle ne l'a pas dit, je l'ai compris). En tout cas, à moi de me débrouiller pour le logement : « Dans le milieu que tu fréquentes, cela ne doit pas être trop dur. » En ce qui concerne mes parents, elle réfléchirait si oui ou non elle les mettrait au courant, bien que, d'après elle, ma mère avait déjà assez de soucis avec mon père ; pas la peine d'en rajouter. Elle a terminé son laïus en me demandant de l'accompagner à la station de taxi, car elle n'aimait pas traîner dans de « tels quartiers ». La station se trouve juste en face du drugstore. En traversant, les gigolos qui avaient assisté à mon interpellation, m'ont crié : « Ça y est, ils t'ont relâché ? » Avant de refermer la portière du taxi, ma tante m'a dit : « Tu vois, je ne te laisse pas en terrain inconnu. Apparemment, tu as des amis ici. » La portière a claqué et le taxi a démarré. Je suis resté planté là. Ma solution de « démerde », une fois de plus, m'avait joué un mauvais tour. Mais c'est surtout ce cynisme qui m'avait secoué : pour une leçon, c'en était une, mais j'aurais préféré une bonne paire de baffes plutôt que ce mépris.

Je devais, tout comme à Cannes, me débrouiller seul, et en faisant quoi ? Le tapin bien sûr... Cet incident avec ma tante n'a peut-être fait que précipiter les choses ; ou peut-être étais-je irrécupérable, ou peut-être non, qui sait ? Mais préférer son petit confort par crainte du scandale, à mes yeux ce n'est guère mieux que de faire la pute. Tant pis, les dés étaient jetés, à plus tard la philosophie ! Pour le moment, il me faut retrouver Christian et lui raconter ce qui vient de me tomber dessus.

Il était en train de manger au premier étage du drugstore, avec deux filles qui se prostituaient elles aussi, Lolita et Brigitte. Dénominateur commun, outre leur profession, leur âge : seize ans toutes les deux, et pas mal d'expériences dans le commerce de l'amour tarifé. Avec leurs cheveux décolorés et leur maquillage racoleur à grand renfort de rouge à lèvres et d'eye-liner, elles en paraissaient un peu plus. Mais, à leur façon de s'exprimer, leur âge véritable ressortait bien vite...

J'ai donc annoncé la nouvelle à Christian qui, sur le coup, ne m'a pas cru. Pour lui, il était inconcevable que ma tante m'ait foutu dehors, sans rien. Il était écœuré. Il m'a payé à manger pour que l'on discute de la marche à suivre et m'a conseillé de téléphoner à L... pour qu'il m'envoie de l'argent et, peut-être, qu'il trouve une solution à mon problème de logement, étant donné les relations qu'il avait à Paris. Pour le moment, ce qui importait, c'était de trouver une solution pour le soir même. C'est comme cela que j'ai connu la rue Saint-Anne, haut lieu de la prostitution masculine de nuit. J'en avais entendu parler par les autres gigolos qui s'y rendaient après avoir tapiné à Saint-Germain, l'après-midi. La rue était aussi un endroit de détente après leur travail ; il y avait des night-club homosexuels, des bars : c'était le lieu de rendez-vous des homos noctambules.

Mais, pour travailler rue Saint-Anne, c'est comme à Saint-Germain. Il faut soit s'imposer, soit être « présenté ». Une fois de plus, Christian s'est porté garant pour moi. J'ai fait connaissance avec les gigolos qui travaillaient dans la rue.

Comparaison entre Cannes et la rue Sainte-Anne

A Paris, j'ai découvert une forme de prostitution plus « réglementée » qu'à Cannes. La prostitution cannoise est plus proche de la « débrouille », c'est une sorte de système D, sans vraiment de règles précises, cela a un côté bon enfant, si je puis me permettre cette expression. A Paris, c'est nettement plus codé, plus structuré ; c'est une profession à part entière. Les quartiers choisis par les gigolos pour y exercer leur activité, vivent en complémentarité avec ce commerce ; les commerçants, les restaurateurs, et même les riverains sont obligés de vivre en fonction des heures de « travail » des gigolos. Saint-Germain reste un peu éloigné de cela, le commerce de la prostitution ne lui est pas nécessaire pour vivre, sa réputation de quartier étudiant, branché au niveau des fringues, le côté artiste également de Saint-Germain (Le Flore, Les Deux-Magots, etc.) suffisent à sa renommée, et la prostitution n'a pas grande influence sur l'économie du quartier.

En revanche, la rue Sainte-Anne est totalement basée sur la présence des gigolos, sur leur mode de vie. Si vous passez dans la journée rue Sainte-Anne, c'est une rue tout à fait anodine, avec ses bureaux, ses employés qui déjeunent dans les petits bistrots de l'avenue de l'Opéra. La rue Sainte-Anne est « coincée » entre la Comédie Française et l'avenue de l'Opéra. De jour, toutes les boîtes homosexuelles sont, bien évidemment, fermées, leur rideau de fer baissé, rien ne les distingue d'autres établissements nocturnes. Mais ce quartier d'affaires, bien sage et bien tranquille, se métamorphose tous les soirs vers vingt et une heures, ou plutôt vingt-deux heures, à l'ouverture des clubs et à l'arrivée des gigolos de Saint-Germain, qui tentent de gonfler la recette déjà gagnée dans l'après-midi, pour pouvoir se payer l'entrée de la boîte.

Il est normal qu'après le « travail », ces professionnels de l'amour aient envie de se détendre, au milieu de la faune homosexuelle qui hante chaque nuit les clubs « spéciaux » de la rue. C'est aussi un lieu de rencontres, une possibilité, pour les gigolos, de se retrouver, de discuter, d'oublier tous les fantasmes plus ou moins biscornus de certains clients.

Toute la rue, pourtant située dans un arrondissement « convenable », se transforme en petit Pigalle, la nuit. La seule différence, c'est que les fameuses « petites femmes de Pigalle » que nous envient tous les touristes en goguette, sont ici remplacées par de jeunes garçons qui, tout comme à Pigalle, vendent leur corps sur le trottoir, devant les néons des night-clubs, ou bien assis sur le capot des voitures en stationnement, en regardant de manière bien explicite les automobilistes esseulés qui remontent la rue en quête de chair fraîche, d'émotions tarifées.

En plein Paris, cela peut paraître incroyable (et ça l'est) que de telles activités aient pignon sur rue, et que toute une économie se soit développée autour de la prostitution de ces mineurs ; la répression est quasi inexistante. Elle consistait, à l'époque, en de rares rafles, par des policiers en civil de la brigade des mœurs, qui amenaient leurs prises au commissariat pour y dresser les fameux PV de prostitution sur la voie publique : une petite garde à vue d'une heure ou deux et, après, retour à la case départ. Pas vraiment dissuasif comme solution. Bien entendu, les gigolos n'avaient pas leurs papiers d'identité pour ne pas être trahis par leur âge, et ils donnaient des identités farfelues (faux nom et surtout fausse date de naissance) de manière à ne pas être conduits vers un juge pour enfants. Lesdites identités étaient simplement relevées verbalement, et contrôlées sur le fichier informatique ; et comme toutes ces identités étaient « bidons », jamais aucune poursuite ne « tombait » sur l'ordinateur, d'où obligation pour les policiers de relâcher les gigolos.

A mon avis, le laxisme n'est pas la seule cause de cet état de choses ; je crois que les moyens dont disposait la police étaient nettement insuffisants par rapport au problème. Seulement trois inspecteurs pour repérer et verbaliser les gigolos, c'était nettement insuffisant. Étant donné leur petit nombre, il était facile à la longue de les repérer ; les gigolos se passaient le mot dès qu'on en signalait un, et il nous suffisait de rentrer dans un bar pour leur échapper. C'était une sorte de jeu du chat et de la souris ; en fait, les risques étaient minimes, pour peu que l'on soit familiarisé avec les « têtes » des inspecteurs chargés de faire régner l'ordre et la décence dans une telle rue.

Lorsque j'ai connu cette rue, l'activité qui y régnait était assez florissante. Les gigolos y étaient nombreux, la clientèle ne l'était pas moins, et la « gentillesse » de certains patrons d'hôtels situés, soit dans la rue, soit dans des rues adjacentes, nous favorisait nettement le travail. Pas de questions à la réception, pas de fiches à remplir : simplement cent francs pour la chambre, renouvelables à chaque client qu'on y amenait, et le droit d'occuper les lieux une demi-heure grand maximum, sinon coup de téléphone dans la chambre et demande d'un petit supplément pour avoir le droit de garder la chambre un peu plus longtemps si le client en ressentait l'envie. Supplément pour l'hôtel, supplément pour le gigolo, tout le monde y trouvait son compte, et c'était très bien ainsi. On avait même droit, en sortant de l'hôtel, au salut du patron ou du veilleur de nuit.

Je tiens à préciser que certains gigolos habitaient l'hôtel, mais, même si le gigolo avait fait cinq passes dans la soirée et, de ce fait, rapporté un minimum de cinq cents francs à l'hôtelier, cela ne le dispensait pas de payer sa propre chambre (environ cent vingt francs). De plus, on ne pratiquait pas le crédit. Dans son intérêt, il valait mieux qu'il paye son toit avant d'aller s'amuser dans les clubs de la rue.

En ce qui concerne les clubs, il y en avait pour tous les goûts. Le bas de la rue était occupé par une boîte « cuir », une copie des bars homosexuels américains à tendance sadomasochiste. Les habitués de ces clubs se repéraient facilement de par leur habillement : du cuir et des chaînes de motos, ce qui leur donnaient un air de ressemblance avec les Hell's Angels américains. Rien ne leur manquait pour cela : casquettes en cuir cerclées de chaînes, blousons ou gilets de cuir largement ouverts sur des poitrines velues, pantalons en cuir très serrés, avec, à la taille des ceintures cloutées, et bottes de motos ou carrément bottes nazies, avec également chaînes et clous pour compléter la panoplie. Ces homosexuels-là étaient assez nombreux à l'époque ; comme je l'ai dit, ils s'inspiraient du modèle américain en vogue à cette époque-là, et étaient représentés en France par un groupe musical : les Village People. Un groupe de cinq garçons représentant l'homosexuel américain « type ». Chaque membre du groupe était habillé de manière différente, de façon à rappeler les différents clichés du pédé viril. Car ces homosexuels — et même leurs erzats français — ne se voulaient pas efféminés ; ils affichaient une virilité ou du moins ce qu'ils croyaient être la virilité, de manière assez agressive, d'où le choix de vêtements en cuir, de grosses motos.

Personnellement, je ne suis rentré qu'une fois dans cet établissement. Comme dans toute discothèque qui se respecte, musique à fond ; couples de garçons dansant ensemble ; jusqu'ici, rien de bien étrange pour une boîte homo. Le truc bizarre, c'était l'arrière-salle (en anglais, back-room et en français, chambre noire). Noire d'abord parce que très mal éclairée, pour permettre aux membres du club des gestes que la morale réprouve (sodomie, fellation en tout genre : Sodome et Gomorrhe en plus petit, mais pas moins actif pour autant). Mais la chose la plus spéciale de ces back-room, c'était la pratique du fix fucking. Ce mot barbare désigne une technique qui ne l'est pas moins. Elle consiste à attacher à des poteaux un « volontaire » nu. Le corps attaché est dans le vide en position écartelée, les jambes bien écartées. Le but de cette position pour le moins inconfortable, c'est de se faire enfoncer dans l'anus le poing fermé de l'un des spectateurs et, une fois le poing rentré, continuer de l'enfoncer le plus loin possible... On imagine aisément l'état de l'anus du participant. Pour rendre plus facile cette pénétration plus que spéciale, on utilise des crèmes, vendues en sex-shop, aux vertus anesthésiantes, en fait de la vaseline classique mélangée avec de la cocaïne pour rendre la douleur plus

« supportable ». De plus, on fait respirer à la victime du poppers, qui est un tonique cardiaque auquel on prête des vertus aphrodisiaques ; mais, surtout, en augmentant le rythme cardiaque, il provoque une sensation assez spéciale : la tête tourne et on ne sent plus la douleur. Assez corsé, comme cocktail !

Si je vous parle de telles pratiques, c'est que, dans le cadre de mes activités, j'ai eu affaire à des amateurs de ce genre de sensations. Où est le plaisir là-dedans, je me le demande encore. Le masochisme est une énigme pour moi. Ceux qui le pratiquent ont souvent des problèmes qui relèvent de la psychiatrie ; il n'y a en général aucune limite à leurs fantasmes et ils peuvent même devenir dangereux, tant leur excitation est grande.

Un peu plus haut dans la rue, se trouvait un autre club qui n'avait rien à voir avec le précédent. C'était plutôt ce que l'on appelle un endroit branché, avec une clientèle aisée, beaucoup de personnalités du show-biz, des mannequins, la jet set, comme on dit. On y allait surtout pour se montrer ; les dernières modes vestimentaires y étaient portées. Il n'y avait pas que des homos, on y voyait aussi des couples qui trouvaient beaucoup plus amusant d'aller en boîte homo ; comme ils disaient, « c'était plus branché », ça faisait mieux. C'était l'endroit snob par excellence : les gigolos y étaient acceptés, mais à condition de ne pas être trop voyants et, surtout, s'ils étaient accompagnés d'une personnalité ou vêtus à la dernière mode.

La boîte à côté était un peu moins huppée ; la clientèle, plus jeune et moins fortunée. Beaucoup de gigolos à l'intérieur, quelques clients, mais c'était plutôt sympathique, car là aussi les hétérosexuels pouvaient entrer. Il y a un détail qu'il ne faut pas négliger, c'est que certains gigolos ont des petites amies parfaitement au courant des activités de leur flirt, qui voient en cette activité juste un moyen de gagner sa vie facilement, en profitant de son « capital jeunesse » avec les vieux clients amateurs de « chair fraîche ». Du reste, certaines exercent aussi le « métier » et, de ce fait, comprennent d'autant mieux.

C'est là que Brigitte et Lolita avaient leurs quartiers de noblesse, ainsi que la petite bande de gigolos de Saint-Germain qui les suivait partout : c'étaient les égéries de la bande. En fait, le côté sexuel passait vraiment au second plan ; à cause de nos activités respectives, on en avait un peu ras-le-bol de tout ce qui touchait au sexe ; c'était plutôt de la camaraderie. Vu nos âges respectifs (nous étions tous mineurs), nous avions conservé un côté gamin et nous avions besoin de nous amuser comme des jeunes de notre âge.

Le dernier établissement, en haut de la rue, c'étaient plutôt les gigolos de la rue Sainte-Anne qui le fréquentaient, pour les mêmes raisons que ceux de Saint-Germain : besoin de s'amuser et d'oublier les clients.

En fait, nous étions des gosses, mais une partie de notre jeunesse nous était enlevée par nos clients. Avec ces derniers, nous devions oublier notre insouciance, nous montrer vigilant, nous comporter moralement en adulte, mais tout en gardant le physique et le langage d'un adolescent. C'est plus compliqué qu'on ne pense. La clientèle voulait des gamins, mais qui aient une maturité sexuelle qu'un jeune n'a normalement pas à cet âge-là. De ce fait, les gigolos et les prostituées mineurs, par la force des choses, deviennent très vite psychologues. On sait comment se comporter avec le client, on accepte tous ses fantasmes ; mais, dans l'histoire, le plus paumé, c'est le client. A seize ans, recevoir les confidences de ces messieurs sur leurs problèmes sexuels, leurs problèmes professionnels ou de couple, jouer le rôle de confident, cela vous mûrit mais vous donne aussi une image plus que négative de la nature humaine. Côté pollution du cœur, on en prend un coup ; et, moralement, n'en parlons pas. Il m'est même arrivé de plaindre certains clients, tant leur sexualité était faussée, bizarre. A la limite, je préférais être à ma place qu'à la leur, tant ils étaient paumés.

Mais attention, dans le lot, il y a de vrais pervers, des fous furieux, qui se vengent sur un gamin ou une gamine de tout ce qu'ils ont raté dans leur vie, ou, peut-être, parce qu'ils ont honte de leur déviation sexuelle. Ils ont besoin de se venger sur le ou la prostituée qui, à leurs yeux, est le reflet de cette déviation.

Lolita, tu n'avais que seize ans. Tu t'étais plus ou moins barrée de ta banlieue, où vivait ta famille. Tu tapinais à Saint-Germain, tu te droguais un peu pour oublier que tu t'étais trompée de film. Tu admirais Marilyn Monroe, et tu faisais tout pour lui ressembler ; et comme elle, ta vie s'est terminée dans une chambre. Sauf que pour toi, c'était une chambre d'hôtel de passe. Tu as monté le client qu'il ne fallait pas, tu as tiré le mauvais numéro : il t'a tuée, Lolita. Tu avais eu le tort de te retourner pour te déshabiller. Il t'a sauté dessus et t'a fracassé la tête contre le radiateur. Tu as hurlé. Les gens de la chambre à côté ont téléphoné à la réception pour dire que, dans la chambre d'à côté, quelqu'un criait, mais ce salaud de réceptionniste n'a rien fait : il savait que « la chambre d'à côté » avait été louée à une pute et à un client. Il a préféré laisser courir : encore une pute qui fait du boucan avec un client, point final... « Et puis la réputation de ton hôtel passait avant tout. Tu voulais bien arrondir tes journées avec des chambres louées au prix fort pour la fameuse petite demi-heure, mais de là à prendre des risques... » Finalement, ce sont les voisins qui ont agi. Le client s'était déjà fait la malle, le réceptionniste l'a laissé repartir sans rien lui demander. Le couple d'étudiants de la chambre voisine t'a trouvée nue près de la fenêtre, la tête éclatée, sans vie. La violence des coups avait été telle que tu avais une oreille complètement arrachée. Tu sais, Lolita, j'imagine ce que tu as dû souffrir. Ta mort a plongé notre petit monde de putains et de gigolos dans une grande tristesse et, surtout, nous avons ressenti un sentiment de haine et de dégoût pour celui qui t'avait fait cela et pour celui qui n'avait rien fait pour l'arrêter. Tu sais, Lolita, pendant un moment, on n'a plus fait nos clients là-bas, on a boycotté l'hôtel. Mais tu le sais, Lolita, ce sont les risques du métier, et puis il n'y a pas trente-six hôtels... On y est revenu mais, chaque fois, on pensait à toi. C'était la première fois qu'une personne que je connaissais mourait. Et tout cela parce qu'un salaud aimait faire du mal à quelqu'un de plus faible. J'ignorais que tu étais la première d'une longue liste, pendant mes dix années de prostitution ; il y en eu d'autres, c'était toujours aussi sordide, et je remercie le Ciel d'avoir été épargné. Ce n'est pas de l'égoïsme, Lolita. C'est parce que, vivant, je peux dire la vérité, je peux dénoncer ces horreurs, et mon rêve est que les gens comprennent qu'il est temps d'arrêter le massacre, que chacun se sente concerné, pour éviter que d'autres, comme toi, finissent ainsi. Tu me comprends, j'espère. T'en fais pas, je sais bien que oui. Adieu, Lolita, repose en paix.

Voilà la description de la rue Sainte-Anne, cour de récréation où ce sont les adultes qui dictent les jeux, tous plus moches les uns que les autres, voleurs de jeunesse, voleurs d'amour, pollueurs du cœur et du corps. Une adolescence, ça vaut plus que vos malheureux deux cents francs. Maintenant, ce sont les années SIDA et vous êtes tellement pourris que vous proposez plus d'argent pour faire l'« amour » sans capote. Décidément votre perversité n'a pas de limite. Jusqu'où irez-vous ?

Découverte du milieu travesti,
Intérêt pour la chose,
Début de transformation

Depuis que j'avais découvert la rue Sainte-Anne, j'avais abandonné le travail à Saint-Germain. Désormais, je ne vivais plus que la nuit. Je me couchais après avoir pris mon petit déjeuner, et je rentrais dormir à l'hôtel que Christian et moi avions trouvé près de Notre-Dame. Quartier magnifique. J'adorais rentrer à pied le matin, le long des quais. Paris, même après une nuit de tapin, c'est beau, et cela a quelque chose de rassurant de voir toute cette beauté offerte gratuitement à tes yeux. C'était bien la preuve que tout ne s'achetait pas dans ce bas monde.

Petit à petit, je m'étais donc intégré aux divers gigolos, qui bossaient dans la rue et je m'étais familiarisé avec les divers établissements de la rue. Désormais je me pliais aux mêmes règles que celles qui régissaient la vie des autres gigolos. J'allais manger dans un café avenue de l'Opéra, dans l'arrière-salle où tous les gigolos dînaient avant de prendre leur service. C'était une sorte de quartier général. Ensuite, comme les autres, j'allais tapiner, et, une fois que j'avais l'argent pour l'hôtel et de quoi me payer la boîte de nuit, plus ma subsistance pour le lendemain, j'arrêtais. C'était assez facile.

La drogue n'avait pas encore fait son apparition dans notre cercle. Mis à part quelques rares gigolos toxicos, nous ne nous droguions pas. Nous avions donc une vie assez équilibrée : nous avions un toit et nous mangions tous les jours ; et même si nous vivions la nuit, notre santé était bonne. Le SIDA était inconnu ; au début des années 80, il n'avait pas encore fait ses ravages. Les seules maladies qu'on risquait à l'époque, c'étaient les blennorragies, ou plus rarement la syphilis. De toute manière, la plupart d'entre nous se rendait rue d'Assas une fois par mois, pour se faire faire une prise de sang dans le dispensaire qui se trouvait dans cette rue. Cette époque bénie n'a pas duré très longtemps. En effet, pour des raisons inconnues, la drogue a débarqué dans la rue Sainte-Anne. Raisons inconnues, c'est beaucoup dire. Vu l'argent qui s'y brassait à cause de la prostitution, les dealers de Pigalle avaient senti la bonne affaire. Déjà, sur Saint-Germain, cela avait donné de « bons résultats », l'après-midi ; alors le commerce est devenu nocturne, les dealers profitant de la migration des gigolos qui travaillaient dans les deux quartiers.

Au début, c'étaient surtout des cachets de Tranxène que l'on mélangeait avec de l'alcool : c'était moins dur pour supporter les clients ; c'est l'excellente raison que nous nous donnions pour avaler lesdits cachets. Un peu de shit également, ça c'était surtout pour « planer », une fois le « boulot » fini. C'étaient des drogues « douces », donc pas trop chères à l'achat, environ cinq francs pour un Tranxène et cinquante francs la barrette de shit. Pas vraiment ruineux ; et, de plus, avec ces drogues, le phénomène de manque n'existe pas, du moins il ne ressemble en rien au manque d'héroïne ou de cocaïne. Tout cela faisait que nous n'avions pas vraiment l'impression de nous droguer. Mais les dealers sont malins, au début c'est en douceur que l'on pourrit un quartier, le temps de repérer les différents clients, les risques avec les flics. C'est toute une stratégie.

De l'héroïne, il y en avait, de la coke aussi, mais c'était réservé à la clientèle des boîtes homos dites classes, là où venaient s'encanailler certaines vedettes du show biz ou du cinéma. Mais les dealers en vendaient aussi à des travestis du Bois de Boulogne qui venaient en boîte après leur boulot. En fait, une seule boîte les acceptait, car gigolos et travelos, ça ne fait pas très bon ménage, les premiers trouvant ridicules ces copies de femmes ; de plus le Bois avait mauvaise réputation. On disait que tous ces travelos étaient maqués et qu'en plus, ils se droguaient. Les travelos nous reprochaient de n'être que des petits pédés qui vivotaient, alors qu'eux gagnaient nettement plus d'argent. Il est indéniable que les travestis (surtout à cette époque où les travestis brésiliens n'avaient pas encore fait leur apparition) gagnaient effectivement beaucoup d'argent, ce qui leur permettait de rouler dans des voitures de grosse cylindrée, d'avoir pas mal de bijoux, et surtout d'habiter dans des appartements, chose rare pour un gigolo, à moins d'être entretenu par un client ; la plupart comme moi, habitaient à l'hôtel. C'est vrai qu'il y avait un peu de jalousie de notre part.

Pour ma part, c'est cet aspect financier qui m'a intéressé au départ, mais je me contentais de les regarder, point final. En fait, j'étais un peu naïf. Je ne comprenais pas très bien comment des hommes pouvaient ressembler à des femmes à un tel point. J'ignorais tout des hormones et autres prothèses qui leur permettaient d'avoir des tours de poitrine impressionnants, et de la chirurgie esthétique en général. J'étais un garçon et je me sentais bien ainsi, mais je reconnais que cela m'intriguait.

Je pense qu'il est nécessaire de bien situer l'action. Nous sommes en 1980. La rue Sainte-Anne est à son apogée. La drogue, comme je l'ai expliqué plus haut, n'a pas encore fait de ravages, et surtout la maladie n'a pas frappé. En deux ans, ma vie est devenue ce que l'on en sait. Pas encore dix-huit ans et une expérience de la vie supérieure aux autres jeunes, mais à quel prix ! Cet hiver-là, j'ai fêté mes dix-sept ans dans le fameux petit bistrot qui nous servait de lieu de rendez-vous. J'ignorais que mon prochain anniversaire, je le fêterais sous une autre apparence et sous un autre prénom, avec un nouveau corps. J'ai toujours recherché le sensationnel pour, une fois de plus, assouvir mon besoin de différenciation. J'ignorais qu'au nom de la liberté de vivre comme je l'entendais alors, cette liberté allait devenir mon esclavage, une chaîne de plus à mes pieds. J'allais passer dans la cour des grands ; fini le peu d'enfance qui me restait encore malgré la prostitution. La vie que j'allais connaître était pire, sordide, encore plus riche en misère humaine et misère mentale. Le vice à l'état brut. Finis les vieux messieurs, un peu vicieux certes, mais pas trop dangereux. Finie aussi l'organisation « gentillette » du milieu des gigolos. J'allais connaître bientôt la dure loi du milieu travesti...

Il faut dire que, dans le petit groupe que nous formions, je n'étais pas le seul à m'intéresser aux travestis. Certains essayaient de faire copain-copain avec eux dans le but d'obtenir des renseignements sur les différentes possibilités de trouver une place au Bois. Les travestis donnaient quelques détails, mais sans trop approfondir, car ils ne voulaient pas d'aspirants travelos. Concurrence oblige !

J'en avais touché deux mots à Christian qui trouvait ce projet complètement dingue, et qui faisait tout pour m'en dissuader. Mais, avec le côté borné qui me caractérise, je restais sourd à ses conseils ; je préférais, désormais, fréquenter un gigolo qui avait obtenu de travailler au Bois l'après-midi et qui venait tapiner le soir rue Sainte-Anne, en nous précisant les sommes qu'il avait gagnées.

A la réflexion, nous étions vraiment naïfs. On ne pensait qu'au pognon ; des activités exactes et des usages en cours au Bois, on ne connaissait pas grand-chose. Ce que nous retenions seulement, c'était le côté vie encore plus facile, argent gagné encore plus vite : la partie clinquante de l'iceberg !

Alors, pour nous rapprocher de ces « nantis », nous avons commencé par imiter certaines petites choses qui les caractérisaient, notamment la prise de drogues dures. Finis le shit et autres petits cachets (les travelos appelaient cela la « drogue du pauvre », suprême insulte à nos yeux). Nous nous sommes mis à « sniffer » pour bien montrer que, nous aussi, en étions capables et que nous pouvions accéder au même statut qu'eux. Le problème, c'est que la dose d'héroïne valait cent francs, à cette époque-là ; cela faisait un trou dans notre budget ; mais le plus terrible avec l'héroïne, c'est que le manque ne vient pas tout de suite. Au début, une seule prise suffisait pour « planer », et on croyait que toutes les histoires sur le manque et compagnie, c'était du bidon. De toute façon, nous étions complètement aveuglés, et nous refusions de voir les mauvais côtés.

Perturbés affectivement, haineux envers nos clients qui nous avaient volé notre enfance, nous pensions que la solution « travesti » était la meilleure. De plus, nous étions scindés en deux camps : les candidats au Bois et les autres. Finie la bonne entente dans la rue. Cette zizanie dans la rue aurait dû nous ouvrir les yeux mais, bornés comme nous l'étions, nous pensions détenir le bon filon, notre société étant entièrement basée sur le pouvoir de l'argent ; avec des raisonnements du genre : peu importe ce qu'il a fait avant, ou la manière dont il a gagné cet argent, du moment qu'il en a... Et ceci n'est pas valable uniquement pour la prostitution ; tous les milieux sont touchés et nos aînés agissent ainsi...

Il ne faut pas sortir de Saint-Cyr pour analyser la relation de cause à effet. Je n'essaie pas de justifier notre attitude en cherchant des « coupables ». Rejeter la faute sur la société est un peu facile puisque, dès le départ, nous voulions fuir cette société en refusant de vivre selon ses règles. Mais ne pensez-vous pas qu'il faut s'interroger quand même un peu sur la permissivité trop grande que la société affiche face à des gosses qui se prostituent, pour ainsi dire au grand jour, et pour lesquels on adopte une attitude fataliste, résignée, du genre : « C'est moche mais on n'y peut rien... c'est le travail des flics... c'est la faute des médias, de l'enseignement, de qui sais-je encore ? » Il y a du vrai là-dedans. Mais le mieux, ne croyez-vous pas, serait d'essayer de comprendre vraiment les raisons d'un tel comportement. Regardez les gens qui peuplent les quartiers chauds... Il y a toujours un truc qui m'a choqué en eux, sous l'attitude agressive, provocante : c'est leur regard. On y lit toute la misère du monde, pour peu qu'on prenne le temps de les regarder. Ne nous voilons plus la face, l'enjeu est trop grand désormais avec le SIDA. Il faut se rendre compte maintenant que certaines de nos rues sont des antichambres du vice et de la mort ; mais ce ne sont pas ceux que vous voyez sur le trottoir qui mènent la danse. C'est certain, il y a des ordures qui en profitent, mais ne rien faire, c'est être complice avec eux...

Petit à petit, je posais les jalons de cette nouvelle vie qui allait m'apporter, du moins je le pensais, argent et respectabilité. Respectabilité, oui, grâce à l'argent que j'allais gagner. Je m'étais laissé contaminer par la gangrène du milieu, des clients qui, sous prétexte qu'ils avaient de l'argent, pouvaient tout se payer et ne pas être jugés par la suite, justement parce qu'ils avaient de l'argent... et donc qu'on les respectait. Et même si ce n'était pas le cas, personne n'osait les critiquer. Silence, toujours silence...

Il n'y avait pas que rue Sainte-Anne que je voyais des travestis. Désormais, l'après-midi, j'allais à Pigalle pour acheter mon petit sachet d'héroïne, sachet indispensable pour faire partie du club. Par la même occasion, je pouvais voir les travestis dans leur fief. Pigalle est partagé en deux parties. Sur le neuvième arrondissement, ce sont les femmes qui tiennent le pavé ; de l'autre côté du boulevard, sur le dix-huitième, les travestis sont les rois. Une frontière, ce boulevard de Clichy, entre deux mondes qui se dédaignent cordialement, alors qu'en fait, c'est la même galère pour tout le monde...

Transformation physique

Transformation de la clientèle

Lente découverte du vice dans le milieu travesti...

Désormais, je partageais mon temps entre Pigalle et la rue Sainte-Anne. C'était une nouvelle expérience, une vision différente de la prostitution. J'avais trouvé un moyen déguisé de crier mon mal de vivre. Comme je l'ai déjà dit, je n'étais pas le seul gigolo de la rue à suivre ce chemin : dix autres, exactement, étaient également « intéressés » par un éventuel changement physique, avec le même espoir que moi, l'argent certes, mais il y avait aussi une certaine lassitude vis-à-vis de nos clients, de leur turpitude. Au moins, chez les travestis, les choses étaient claires.

Plus besoin d'écouter les thèses des clients sur les amours masculines, ras-le-bol des références aux éphèbes grecs. Sous le couvert intello, ils essayaient de rendre leur libido malade, disons plus intellectuelle, plus raffinée. Manque de chance pour eux, leurs véritables instincts revenaient vite et on en arrivait toujours à l'acte sexuel, jamais demandé clairement mais obligatoire. Je crois que c'est cette hypocrisie qui nous lassait et nous donnait envie d'aller voir ailleurs ce qui se passait. Ailleurs, c'était Pigalle. Là, au moins, c'était clair, pas d'équivoque : quartier du sexe, cabarets tous néons allumés, on affichait clairement ce que le client cherchait, sans détour. Rien à voir avec notre petite rue de perdition. Quitte à se perdre, autant se perdre consciemment et profiter des avantages financiers que cette « perdition » nous apporterait.

Pour le moment, la seule chose qui nous intéressait, c'était cette fameuse transformation physique, qui nous permettrait d'accéder au summum — du moins, ce que l'on croyait être le summum —, le Bois de Boulogne. Il faut savoir qu'il y a plusieurs sortes de travestis : les transformistes qui sont des homosexuels déguisés en femme mais qui n'ont pas subi de traitement hormonal ; dans la journée, ils sont habillés en garçons, la nuit, ils s'habillent en femme pour se prostituer. Viennent ensuite les travestis qui, grâce à des traitements hormonaux, ont de la poitrine ; la chirurgie esthétique leur donne une allure quasiment féminine, mais ils ont toujours leurs organes génitaux masculins. Et, pour finir, les transsexuels qui ont subi l'ablation de leurs organes génitaux masculins pour pouvoir bénéficier d'un néo-vagin, une vaginoplastie. Ces derniers sont minoritaires, le coût de l'opération étant très élevé, environ cinq millions de centimes...

Tout travesti commence par être transformiste, le temps de gagner assez d'argent pour pouvoir se payer le traitement hormonal. Les autres candidats et moi, c'est ce que nous avons fait. Comme il était difficile de trouver une place au Bois de Boulogne, nous avons commencé à nous prostituer rue Sainte-Anne, en femme cette fois-ci.

Cela passe certainement pour de la perversion, pour de la déviation sexuelle, peut-être, mais l'exemple pervers donné par nos clients n'était guère mieux. J'avais dix-sept ans. Depuis deux ans, je côtoyais toutes les formes de perversités possibles et imaginables. Voilà où, une fois de plus, le laxisme des personnes censées représenter l'autorité, conduit : la famille, les différents moyens de dissuasion, la police... Mais ce sont surtout les clients qui, en tout état de cause, se payent des jeunes garçons pour assouvir leur déviation sexuelle ; sous le couvert de leur renommée, de leur aisance financière, de leur statut social, ils polluent, souillent des adolescents, leur volent leur corps, leur cœur, leur identité.

Sachez bien que plus on vieillit, moins on est « apprécié » par la clientèle homo ; il lui faut du jeune, dix-sept ans, c'est déjà vieux ! Commence alors, pour le gigolo, le douloureux problème de la reconvertion. Les clients ne nous aident pas dans ce genre d'entreprise, bien au contraire. Après s'être repus de ce que nos jeunes corps pouvaient leur offrir, ils nous oublient, et vont chercher ailleurs ce que nous ne pouvons plus donner : notre jeunesse. Un peu comme des yaourts périmés. Il n'y a pas de sensibilité chez ces gens-là. Le problème, c'est qu'ils sont nombreux à agir ainsi, en toute impunité. Dans l'histoire, c'est toujours le gigolo qui trinque, jamais le client, bien couvert par ce que l'on appelle la respectabilité sociale...

Comment s'étonner qu'après avoir vécu tout cela, certains jeunes choisissent une nouvelle voie, également sans issue ? Les pollueurs du cœur sont passés par là. N'ayant plus confiance dans la nature humaine, on s'autodétruit inconsciemment. Drogues, prostitution, hormones... voilà ce qui attend les enfants perdus, assoiffés d'amour ! Et que reçoivent-ils en échange ? Le vice à l'état brut. Je hais la délation, mais que penser de ce commerçant de la rue Saint-Lazare, qui paye cinq mille francs pour déflorer une jeune fille ? Une fois son forfait accompli, il fait choisir un vêtement à la gamine — qui, bien souvent, n'a que quinze ans — comme pour la dédommager de sa virginité. Ces séances de dépucelage se passent avec photos à l'appui, pour le cas où la malheureuse aurait l'idée de se plaindre !

De ces gens, nombreux, du show biz qui louent nos services pour des soirées privées ? De ces diplomates étrangers, ou français ne nous voilons pas la face qui cherchent à oublier leurs tracas professionnels avec de jeunes garçons ? Ce n'est pas du sensationnel c'est la vérité pure et terriblement simple ; c'est beaucoup plus répandu que l'on veut bien le croire. Si ce n'est pas vraiment un scoop, je pense qu'il est temps d'y mettre un ordre.

Différents stades de la transformation physique

Transformation et modification
de la forme de la prostitution

En fréquentant Pigalle l'après-midi, j'avais fait la connaissance de plusieurs travestis. Ils m'avaient expliqué que ce n'était pas très difficile de se procurer des hormones ; en effet, le fait d'avoir de la poitrine était un « plus » dans le milieu travesti (on demandait de l'argent en plus pour permettre aux clients de toucher nos seins).

Un docteur généraliste délivrait les hormones sur ordonnance, et ce même docteur pratiquait également les implants d'hormones, ainsi que l'épilation électrique de la barbe. Il ne posait aucune question quant à la motivation d'une telle décision et, encore moins, sur l'âge du patient. Sa salle d'attente était toujours remplie de travestis, soit pour se faire épiler, soit pour les hormones, mais aussi, bien souvent, pour se faire prescrire des antidépressifs, cachets très prisés par les travestis, souvent déprimés par le nombre et le taux d'hormones que leur corps ingurgite. Pour la consultation, il doublait le tarif normal : deux cents francs l'ordonnance, rédigée en trente secondes et, bien sûr, sans aucun examen quelconque. C'était le prix à payer pour avoir de la poitrine. En bon commerçant, il vous proposait de faire l'épilation électrique chez lui (inutile de dire que je n'ai jamais vu aucun diplôme attestant qu'il avait la compétence pour le faire). Ensuite il s'est même découvert une autre spécialité : l'injection de collagène en remplacement de la silicone qui, selon lui, était nocive. Là non plus, aucun diplôme d'esthéticien. Les travestis dépensaient et dépensent toujours, une petite fortune chez lui. A ma connaissance, le Conseil de l'Ordre ne l'a jamais ennuyé, ni pour ses honoraires exagérés, ni pour ses « spécialités ». Je reconnais que les pharmaciens ne l'aiment pas beaucoup ; dès qu'ils voyaient un travesti entrer dans leur officine, ils savaient très bien qui avait délivré l'ordonnance...

La première fois que j'ai eu affaire à ce généraliste, j'avais dix-sept ans. Je lui ai demandé de me prescrire des hormones, chose qu'il a fait sans difficulté. Ensuite, je me souviens très bien qu'il est sorti de derrière son bureau pour regarder mon visage et m'a dit que, vu le peu de barbe que j'avais il me faudrait commencer l'épilation électrique assez rapidement ; ainsi je serais débarbé très vite. Pour l'épilation, je lui ai répondu que je verrais plus tard. Je suis sorti de chez lui avec ma première ordonnance d'hormones, la première d'une longue série, et j'ai couru à la pharmacie me faire délivrer les ampoules miracle. Ensuite, c'est une infirmière diplômée d'état qui m'a injecté ma première dose d'hormones ; elle piquait tous les postérieurs des travestis de Pigalle et son adresse était tout aussi célèbre — dans le milieu travesti — que celle de ce « cher docteur ».

Rue Sainte-Anne, nous étions désormais dix travestis et cela posait quelques problèmes, d'abord avec les flics qui ne voulaient pas de travestis sur l'arrondissement, ensuite avec les gigolos qui ne voulaient pas risquer de perdre leur clientèle homosexuelle.

Il faut savoir que la clientèle d'un gigolo et celle d'un travesti n'est pas du tout la même. Le client à travestis ne s'avoue pas homosexuel ; du moment qu'il y a apparence féminine, il pense faire l'amour avec une femme. Bien sûr, c'est pour se rassurer car, en fait, une fois déshabillé, il s'aperçoit très bien qu'il est avec un homme, et c'est ce qu'il recherche ; mais il se donne bonne conscience avec des réflexions du genre : « C'est incroyable ce que tu ressembles à une fille », tout en vous touchant le sexe. Moi qui croyais qu'ils étaient moins désaxés que les clients homosexuels, je me trompais lourdement ; au moins, le client à gigolos a la franchise de dire qu'il veut un garçon. Le client à travestis n'est, ni plus ni moins, qu'un homosexuel refoulé...

Étant donné tous les inconvénients que notre présence posait rue Sainte-Anne, bien vite il nous a fallu essayer d'avoir nos places au Bois de Boulogne ; mais elles sont rares et c'est chacun pour soi. Je me suis débrouillé au début, en allant travailler rue de Rivoli ; là aussi fiasco total. Heureusement, ou malheureusement pour moi, j'ai fait la connaissance d'un travesti, qui, sans avoir une véritable place au Bois, connaissait tout de même bien l'endroit. Il allait travailler dans des allées pas trop envahies par les travestis, qui ne pouvaient donc pas l'accuser d'empiéter sur leur territoire. Chaque travesti a sa place bien définie et il se charge de veiller sur son territoire. C'est donc en catimini que j'ai fait mes premières armes au Bois.

La première fois, c'est très impressionnant. Il y a beaucoup d'amateurs pour la chose et on « fait » les clients, soit en voiture, soit carrément dans le sous-bois. La prostitution au Bois se passe donc dans un minimum de confort et surtout d'hygiène. Rien pour se laver après chaque client. Les travestis ont de l'Hextril dans leur sac pour se désinfecter la bouche après chaque fellation ; quant à la sodomie, seul le préservatif protège : il y a intérêt à employer des préservatifs résistants, sans ça tant pis...

La manière de « faire » des clients diffère également. C'est le principe de l'abattage : le maximum de clients en un minimum de temps. Les prix également ne sont pas les mêmes : cinquante francs la fellation et cent francs la sodomie. C'étaient les tarifs en vigueur à l'époque, et malheur à celui qui ne les respectait pas. Il était repéré et risquait fort de perdre sa place. Toutes ces règles, cette façon de travailler, font, qu'au départ, on se sent mal à l'aise : mais les gains sont nettement supérieurs. A cette époque-là, on gagnait environ mille francs de l'heure si on choisissait les bons horaires, soit tôt le matin vers cinq heures, avec les clients qui, avant d'aller travailler, se payent ce qu'ils appellent une petite « gâterie », soit vers dix-huit heures quand ils sortent de leur travail. La nuit, il est impossible à un travesti débutant de se placer. Les travestis qui travaillent la nuit ne sont pas vraiment commodes et ils n'hésitent pas à jouer du rasoir pour faire respecter leur place. Autant dire qu'il vaut mieux réfléchir à deux fois avant d'aller empiéter sur leur plates-bandes.

Le fait d'aller au Bois en cachette, sans vraiment avoir le « droit » de m'y trouver, rapportait quand même suffisamment d'argent pour que je laisse tomber la rue Sainte-Anne. Comme Christian n'approuvait pas mon choix, je l'ai quitté pour aller m'installer à Pigalle. Les hôteliers n'étaient pas trop regardants sur l'identité et, comme toujours quand on payait sa chambre, ils ne faisaient guère d'histoires. De plus, mon traitement hormonal commençant à faire effet, je vivais désormais toute la journée sous une apparence féminine. Je n'avais pas trop de mal vu mon âge : j'avais les traits du visage fins, les hormones avaient, en plus de la poitrine, modifié ma morphologie. Habillé avec des vêtements décents, je pouvais donner le change très facilement.

De toute façon, à Pigalle, ce n'était pas vraiment le problème. Les travestis ne choquaient plus personne depuis belle lurette. Au contraire, ils contribuaient, à leur façon, à faire marcher le commerce du quartier. Les clients venaient à Pigalle boire et manger pour trouver des travestis, ça faisait marcher le commerce. Les innombrables sex-shop travaillaient aussi avec nos clients, qui pouvaient se procurer des livres pornos et se faire visionner, en cabine vidéo des films de travestis. Les magasins de vêtements faisaient de bonnes affaires avec nous directement car on s'y habillait aussi bien pour les vêtements de « ville » que pour les tenues de « travail » (ces dernières nous coûtaient très cher mais, avec environ deux mille francs par jour, on s'en moquait un peu). Les coiffeurs aussi faisaient de bonnes affaires. Finalement, tout le monde y trouvait son compte.

Comme je l'ai dit, mon apparence physique, désormais, n'avait rien à envier à celle des travestis qui, quelque six mois plus tôt, m'intriguaient. J'étais devenu comme eux, et, petit à petit, ces derniers ont fini par me considérer comme l'un des leurs. Je fréquentais les bars où ils allaient et j'avoue que ce n'était pas sans arrière-pensée. Ce que je voulais, c'était ma place au Bois. J'ai enfin fini par l'obtenir, pas entièrement au début, un travesti ayant accepté de me prendre sur son coin, au moment de l'apéritif — c'est le nom que l'on donne à une tranche d'horaire bien précise, entre dix-huit et vingt heures ; on y gagnait pas mal sa vie, d'autant que ce travesti travaillait dans la plus grande allée du Bois, l'allée de Longchamp.

Avec l'argent que je gagnais, j'ai commencé à me faire épiler électriquement (deux cents francs l'heure). Je prenais rendez-vous pour deux heures à chaque séance mais je n'allais jamais au-delà d'une heure, tellement la douleur était grande.

Ensuite, j'ai mis de l'argent de côté pour la première fois, en vue de louer un studio. C'est un travesti qui m'a sous-loué le sien, m'évitant ainsi les frais d'une agence. En trois mois, j'avais un studio entièrement meublé, je mangeais au restaurant tous les jours et je disposais d'un minimum de mille francs d'argent de poche par jour. Bien sûr, je claquais tout cet argent en fringues, coiffeur, esthéticienne, maquillage et autres babioles, très chères pour le travesti.

Financièrement, cela marchait ; moralement, je ne me posais pas trop de questions ou je les évitais car, en fait, même si je ressemblais à une fille, je n'en avais pas la mentalité pour autant ; mais je jouais la comédie. La perte de ma virilité à cause des hormones, m'inquiétait. J'étais devenu impuissant ; à dix-sept ans, je ne jouissais plus. Alors, pour chasser le cafard, j'ai commencé à « sniffer », puis à me piquer. Je me disais que c'était le prix à payer pour cette aisance financière. Au début, de faibles quantités de drogue sont suffisantes, donc je n'avais pas vraiment l'impression d'être ce qu'on appelle un « junkie ». Les travestis qui m'entouraient soignaient leur stress de la même façon ; en fait, je les imitais.

Dans ce monde où tout est faussé, il faut être très fort moralement pour s'en sortir ; moi, ça n'a jamais été mon fort. J'aimais ce milieu parce que je pense que j'y voyais, au début, un moyen encore plus fort de crier mon mal de vivre. L'amour que je cherchais tant, c'est avec mes clients que je le faisais, piètre consolation. Je simulais le plaisir, je mentais à tout le monde et surtout à moi. J'abîmais mon corps, je me punissais. Une fois le travail fini, j'allais en boîte pour trouver un amant, pour ne pas dormir seul. Je payais la boîte, les consommations du mec que je rencontrais, pour un peu de présence. Tous les travestis ont ce genre de comportement, l'argent permet de faire comme les clients ! L'embêtant, c'est que les travestis n'ont même pas le plaisir physique au bout, encore moins l'amour. Paumés, voilà le mot. Et tout cela parce qu'au départ, il y a eu un manque affectif. Si on m'avait écouté, j'aurais commis moins d'erreurs. Voilà où le manque de dialogue conduit. Mais, maintenant, c'était trop tard ; faire machine arrière, avec ma nouvelle apparence, n'était pas possible ; je n'étais plus moi...

9

EN MÉNAGE AVEC UN PROXÉNÈTE LE POURQUOI D'UNE TELLE RELATION

En très peu de temps, l'image « idyllique » que j'avais du milieu travesti en avait pris un sacré coup. Je me rendais bien compte que les divers conseils que l'on m'avait donnés pour me dissuader d'en faire partie (Christian le premier), étaient, malheureusement, fondés. Certes, mon besoin toujours omniprésent de différenciation était comblé, mais je voyais bien que, cette fois-ci, je n'arrivais pas à contrôler tous les aléas d'une marginalisation poussée à l'extrême. Mais, par fierté, je refusais d'admettre l'évidence ; plus le temps passait et plus je m'enlisais.

Dans le milieu travesti, la solidarité n'est pas une qualité très répandue. Il y a beaucoup de jalousie, de mesquinerie et, très souvent, les rapports que les travestis ont entre eux, même hors du travail, sont des rapports intéressés. Les discussions se réduisent aux récits des clients que l'on a fait la veille : assez limité, comme dialogue ! Au début, cet état de choses me gênait un peu, moi qui ai besoin d'échanges, de communication ; alors, souvent, je restais seul. Mais n'étant pas vraiment un solitaire, je traînais dans les bars où je savais pouvoir rencontrer d'autres travestis.

C'est dans un restaurant que nous fréquentions que j'ai rencontré G... Il avait trente ans quand je l'ai connu. Avant d'être à Paris, il avait vécu à Cannes, en ménage avec un travesti pendant un bon bout de temps, mais cette histoire avait fini par tourner court car le travesti s'était lassé du côté violent, et surtout profiteur, de son « concubin ». Pendant plusieurs jours, nous ne nous sommes pas parlé, nous nous disions bonjour, c'est tout. Un jour, un travesti qui mangeait avec moi m'a mis en garde contre G... Il n'avait pas une excellente réputation dans le milieu : c'était ce que l'on appelle « une paillasse à travelos ». Cette expression désigne ceux qui couchent avec des travelos pour pouvoir vivre à leurs crochets.

Malgré la mise en garde, un soir, j'ai accepté de manger avec lui. Nous avons discuté de choses et d'autres, mais surtout, je dois bien le reconnaître, de mon métier. Il se faisait fort de m'obtenir une place à temps complet au Bois de Boulogne, grâce aux différentes relations qu'il disait avoir dans le milieu. Le vin aidant, il m'a dit qu'il avait de grands projets pour moi ! Vu mon physique, je méritais mieux que le Bois ; de surcroît, le fait que je parle anglais était un atout à ne pas négliger. En fait, ni plus ni moins, il m'a proposé de prendre ma carrière en main. Je n'étais pas complètement idiot, mais j'en avais marre de vivre seul dans mon studio et j'ai fini par le ramener chez moi pour la nuit. Bien évidemment, j'ai eu des rapports avec lui, mais j'ignorais que, dans ce milieu, quand on couche avec un homme tel que lui, on lui appartient !

Il n'a pas abattu ses cartes tout de suite, et m'a joué la grande scène du deux. Étant donné le manque d'affection dont je souffrais, je suis tombé dans le panneau. Tombé, c'est beaucoup dire. J'étais conscient de ce que cachaient ses « grands projets pour moi » mais je me disais que s'il devenait trop embêtant, je m'en débarrasserais facilement. Lourde erreur. J'ai mis un an à m'en débarrasser, et à quel prix !...

Il buvait beaucoup et l'alcool le rendait violent. Il ne travaillait pas et c'est moi qui assurais tous les frais. Pendant que je travaillais au Bois, il claquait allègrement tout l'argent que j'avais gagné la veille, en payant des verres à des parasites de son genre ; sans compter les dettes de jeux que je devais régler quand j'arrivais du Bois car, pour passer le temps, il jouait aux cartes. Le seul point « positif », si l'on peut dire, c'est qu'il m'avait trouvé, grâce au travesti avec qui il avait vécu avant, une place au Bois, le jour.

Je travaillais désormais de neuf heures du matin à dix-huit heures, avec une heure pour manger à treize heures. C'était réglé comme du papier à musique. Vu le nombre d'heures que je faisais, évidemment l'argent rentrait, et c'est, bien sûr, G... qui décidait de mes besoins pour mes dépenses. Finies les boîtes de nuit, les bars, la drogue (non par intérêt pour ma personne, mais surtout parce que cela coûtait trop cher). Pas d'ambiguïté dans nos relations, je travaillais et lui, selon sa propre expression, gérait mes gains. J'avais accepté cet état de choses pour ne plus être seul. J'avais de la compagnie, mais l'heure de présence du monsieur était plutôt coûteuse ! En fait, j'étais « maqué ». C'était mon proxénète et, comme tout proxénète, il faisait jouer la corde sensible, me jurant qu'il avait des sentiments pour moi, et que si, parfois, il se montrait dur, c'était parce que, vu mon jeune âge (il connaissait mon âge), je dilapidais en bêtises, selon lui, l'argent que je gagnais. C'était pour mon bien.

Quand il n'avait pas trop bu, nos relations étaient encore plus bizarres. Il avait été marié et était papa d'un petit garçon qu'il ne voyait jamais, mais dont il parlait souvent. En fait, il était très enfant et j'avais presque un comportement maternel avec lui. Il avait peur, lui aussi, de la solitude et sa hantise était que je le quitte. Il ne m'aimait pas, c'est sûr, mais il avait besoin d'une présence. Quand je l'ai rencontré, il sortait de prison et cette expérience l'avait beaucoup marqué ; il était révolté contre le monde entier. Souvent, après m'avoir frappé, il se mettait à pleurer et il me demandait pardon. Entre mes clients et lui, je me demande, aujourd'hui, comment j'ai fait pour tenir le coup.

La place que j'avais au Bois était très bonne, dans la mesure où elle me permettait de faire pas mal de clients à l'hôtel. Je demandais cinq cents francs pour une demi-heure. Les clients étaient surtout des VRP et des gens qui montaient à Paris pour les différents salons. Petit à petit, je me suis constitué une clientèle de clients attitrés qui se passaient le mot entre eux. G... décida qu'il fallait développer cela ; certes je continuerais le Bois pour être sûr d'avoir un minimum mais, en plus, désormais, je jouerais la carte de l'hôtel plus souvent.

Dans la journée, au Bois, il y a très peu de travestis qui travaillent, ce sont les femmes qui sont majoritaires ; pourtant les amateurs ne manquent pas et, vu qu'à l'époque je n'avais que dix-sept ans et demi (j'en avouais dix-huit à mes clients), je « tournais » plutôt bien. Évidemment, ce n'était pas du goût de tout le monde. Les femmes, surtout, faisaient tout pour me faire perdre ma clientèle, en signalant bien que j'étais un travesti ; car, aussi incroyable que cela puisse paraître, souvent les clients que je faisais dans le Bois ne s'en apercevaient pas. Je travaillais au bidon, comme on dit, c'est-à-dire que je n'avouais pas ma véritable nature. J'ai eu très peu de problèmes car les clients ont une information plus que limitée sur la morphologie féminine ; pourtant, ce sont des gens comme tout le monde, pas plus bêtes que d'autres, mais la présence d'une paire de seins suffisait à calmer leurs doutes. Certains me disaient même : « Tes collègues ne sont pas sympas, elles m'ont dit que tu étais un travesti, elles doivent être jalouses. »

Si les pauvres avaient su que, pour arriver à ce résultat je me gavais d'hormones et que je dépensais une fortune en épilation électrique, ils auraient peut-être mieux compris mon absence de virilité. Mes organes génitaux s'étaient atrophiés : je n'avais pour ainsi dire plus de testicules, je tirais sur ma verge pour la coincer entre mes jambes. Ce qui fait que, le tout maintenu par un sparadrap, rien de ma virilité ne se voyait. Les clients vraiment amateurs de travestis ne me « montaient » pas ; j'avais pour eux une apparence beaucoup trop féminine. Le comble est que je travaillais avec une femme qui était sur le même coin que moi ; elle, c'était le contraire : vu sa dégaine, ils la prenaient pour un travesti et elle se servait de cela pour récupérer la clientèle travestis qui me boudait. Le monde à l'envers ! La méconnaissance des deux anatomies, de la part des clients m'a souvent étonné, et pourtant il suffisait de regarder leurs mains, ils avaient une alliance et, donc, étaient mariés...

Certains clients aimaient ce quiproquo. Cela leur permettait de sortir avec un travesti sans que cela se voit et, donc, ils m'invitaient au restaurant, en boîte ; ils me présentaient même à des collègues de travail lors de dîners d'affaires. Ma connaissance de l'anglais m'était fort utile et je n'oubliais pas de rajouter ce supplément à la note de mes honoraires. Bien entendu, G... se chargeait de les fixer pour moi. Mais, pour garder un peu d'argent ou une compensation pour ma prestation, je demandais des « petits cadeaux » : parfums, bijoux, vêtements, et je déclarais à mon « imprésario » que, d'eux-mêmes, les clients avaient eu l'idée de cette petite attention. Au début, cela a très bien marché mais, ensuite, il s'est mis en tête de revendre certains de ces cadeaux. Il ne perdait pas le nord.

Ne croyez pas, même si mon ton peut paraître léger, que tout cela m'amusait ; je faisais avec et je ne voulais pas trop chercher, pas trop approfondir, en ce qui concernait mes relations avec G... Je savais que le constat était plus que nul et, bien souvent, l'envie de ne pas rentrer me prenait. Deux fois, je ne suis pas rentré, j'ai dormi chez des collègues, mais G... savait où me trouver, ou alors d'autres travestis s'en chargeaient. Les deux fois ont donné lieu à des scènes affreuses, sans compter les petites mises à l'amende qu'il fixait pour chacune de mes « irrégularités ». Suivant quel barême, je l'ignore. Tout ce que je sais, c'est que ces choses ne se font pas quand on est marié. « Marié », c'est le mot poli qu'emploient les proxénètes pour dire « maqué ». On leur appartient, corps et biens. Plus d'une fois, j'ai dû me rendre à mon travail avec des lunettes noires pour cacher les marques de coups que j'avais reçus. Même les clients n'étaient pas dupes, et encore moins les flics qui patrouillent, la journée, dans le Bois.

A ce sujet-là, comme à l'accoutumée, j'avais réussi à me faire ficher comme travesti notoire sous une fausse date de naissance. J'avais été photographié, fiché au quai des Orfèvres, sous une identité bidon.

J'ai fêté mes dix-huit ans dans un café sordide de Pigalle, en compagnie de G... et d'une collègue accompagnée de son souteneur. Bien sûr, c'est moi qui ai payé le repas avec l'argent que j'avais gagné dans l'après-midi. G... gardait toujours les pieds sur terre.

En un an de vie commune avec G..., nous avons eu la bagatelle de trois appartements. En effet, les voisins n'appréciaient guère le bruit de nos disputes, disons plutôt, les cris de G... après moi. Bien souvent les voisins téléphonaient à la police pour tapage nocturne. Non seulement j'avais pris des coups, mais c'est moi qui devais recevoir ces messieurs auxquels j'expliquais tant bien que mal qu'en fait, c'est avec un client que je me disputais. A la longue, les policiers trouvaient cela louche et on était obligé de quitter les lieux. Heureusement G... connaissait un patron d'agence, et après deux ou trois jours passés à l'hôtel, on retrouvait un appartement. J'en avais ras-le-bol et n'avais qu'une envie : me séparer de G... En fait, c'est G... qui m'a donné l'occasion de me séparer de lui. Avec sa folie des grandeurs, il a voulu ajouter une fille à son « palmarès », une coiffeuse de son état qui avait eu la sottise de lui trouver du charme. Il l'a travaillée, comme on dit dans le milieu, et au bout d'une semaine cette pauvre fille était d'accord pour travailler au Bois. Le seul problème, c'est que c'est sur mon coin, au Bois, qu'il voulait la mettre. J'ai joué là-dessus, en disant qu'il était hors de question que je supporte cette nouvelle sur mon coin. Pour flatter mon égo, j'ai dit que je refusais de le partager. Malgré quelques menaces, cela a marché et c'est ainsi que je me suis débarrassé de G... Pas complètement, parce que, royalement, j'ai cédé pour la place au Bois. Désormais j'aurais sa nouvelle recrue avec moi ; j'ai fait miroiter le fait que, comme les autres, elle ferait sa nouveauté et, qu'éventuellement je la ferais bénéficier de certains de mes clients qui cherchaient des rapports avec plusieurs personnes, ce que l'on appelle des partouzes. G... aimait trop l'argent pour refuser. Le seul problème est que j'ai dû quitter l'appartement et laisser tous mes meubles, ainsi que l'argent liquide qu'il y avait à la maison (environ vingt mille francs), mais je préférais cela. Au moins j'allais pouvoir retrouver mon autonomie...

Place au Bois de Boulogne, la nuit

Description du milieu nocturne et de la clientèle

J'ai finalement réussi, après bien des tentatives infructueuses, à me « faire » une place au Bois, la nuit. Après maintes amitiés intéressées, après des périodes de squatte sur des emplacements appartenant aux autres, après diverses algarades avec d'autres travestis, j'ai enfin réussi mon entrée dans le monde très fermé des travestis de nuit. Désormais, j'allais avoir affaire à la clientèle nocturne, clientèle hétéroclite, avec son lot de désaxés et de paumés en tous genres, mais également avec Monsieur-Tout-le-Monde.

En ce qui me concerne, j'appartenais désormais à cette « élite » que les médias, à force d'en parler, ont créée, ce fameux mythe du Bois de Boulogne. A mon humble avis, plus vous en parlerez comme un lieu de plaisir de la capitale — même s'il y a un côté humoristique ou sarcastique —, messieurs les journalistes, plus vous ferez de la publicité pour ce lieu. Contrairement à certains aspects de la prostitution beaucoup moins abordables (Mme Claude, c'est médiatique mais c'est très cher et c'est très fermé), le Bois permet à tout le monde de « se payer un peu de bon temps » et ceci, pour une somme relativement modique. Mais il ne faut pas que la clientèle du Bois se sente presque comprise, disons plutôt excusée. Il ne faut pas banaliser le Bois, en faire une étape nécessaire du Paris by night, en le critiquant certes, mais en y ajoutant une once de mystère. A chaque fois, vous ne faites que renforcer l'aura du Bois. Se taire n'est pas non plus la meilleure solution. La meilleure est de ne plus en parler avec des sous-entendus grivois, mais tel qu'il est vraiment. Ce n'est pas en interviewant des travestis du Bois et en prenant des photos sur place que vous pourrez convaincre les gens que le Bois est une antichambre de la mort, avec beaucoup de séropositifs. Ça c'est seulement médiatique.

J'ai lu des statistiques sur le nombre de séropositifs travaillant au Bois. Les statistiques donnaient 80 % de séropositifs. J'aimerais savoir sur quoi s'appuient ces chiffres, les contrôles de dépistage n'étant pas obligatoires en France. Est-il besoin de rappeler que les chiffres n'ont aucun effet dissuasif ? Les multiples campagnes d'information sur le SIDA n'ont pas fait baisser la fréquentation du Bois ; elles ont seulement permis à quelques petits malins de se faire quelques sous en vendant des préservatifs à l'intérieur du Bois. C'est déjà ça, mais est-ce suffisant ? Faudra-t-il que le nombre de morts par le SIDA soit affiché aux différentes entrées du Bois pour que cesse ce trafic ? Il ne faut ni enjoliver, ni noircir le tableau ; il faut en parler sans passion, en montrant les choses telles qu'elles sont vraiment. Je dois reconnaître que Mme Christine Ockrent a fait un très bon reportage, dans le cadre de l'émission « Reporter », traitant des « chemins de la prostitution ». Mais cet exemple est le seul, à ma connaissance, qui ait eu le mérite de montrer le Bois tel qu'il est vraiment. Le seul reproche, c'est, peut-être, que le phénomène brésilien a dominé.

Donc j'ai eu cette fameuse place de nuit que je désirais tant. Au début, j'ai travaillé Porte de la Muette, à la sortie du périphérique, en compagnie de plusieurs autres travestis. Le travail de nuit est beaucoup plus impressionnant que le travail de jour. Le nombre de clients qui tournent en voiture est très élevé ; cela donne au Bois une apparence de supermarché du sexe, avec, en rayon, les travestis en bord de route. Supermarché... souk conviendrait mieux. Ça marchande, ça discute. C'est une exhibition pour faire vendre les corps offerts en bord de route. Il y a une ambiance de foire aux bestiaux. Été comme hiver, les travestis travaillent dans des tenues très déshabillées, quand ce n'est pas nus, carrément.

Pour supporter des conditions climatiques parfois assez dures, il n'y a pas trente-six solutions, soit on boit du whisky pour se réchauffer, soit on prend de la drogue, engrenage fatal ! Outre ces considérations climatiques, on se drogue également pour supporter la clientèle qui, il faut bien le reconnaître, n'est pas toujours très facile.

Le nombre d'agressions dans le Bois est très élevé ; les motifs en sont variés : ou c'est pour l'argent (étant en plein air, on ne peut l'avoir que sur soi ou dans un sac), ou ce sont des agressions sexuelles de la part de clients qui n'ont pas d'argent (ou qui ne veuillent pas payer), ou qui sont des fous, des sadiques. Il faut donc faire très attention à qui l'on « monte ». « Monter », dans le métier, signifie faire un client.

A la longue, on acquiert une certaine habitude, on devient physionomiste, et on écarte d'office tout ce qui paraît trop louche, trop imbibé de boisson ; car, c'est bien connu, l'alcool diminuant considérablement le tonus sexuel d'un client, sa susceptibilité augmente s'il est dans l'incapacité de jouir.

En ce qui concerne les fous, les sadiques, c'est beaucoup moins évident car, de prime abord, rien ne les différencie d'un client normal. C'est une fois en voiture, et donc à sa merci, que l'on s'en aperçoit. Dans ces moments-là, il faut surtout essayer de ne pas paniquer mais de discuter et surtout ne pas tenter de s'enfuir trop brutalement. En fait, il faut essayer de montrer que l'on n'a pas peur, parce que le fait d'avoir peur excite ce genre de malades. C'est facile en théorie, mais quand on a affaire à un dingue qui vous menace d'une arme, qu'elle soit à feu ou que ce soit une arme blanche, il est très difficile de garder son calme.

En dix ans de « métier », j'ai souvent cru que c'était fini pour moi. Grâce à Dieu, jamais aucun n'a commis l'irréparable. Certains de mes collègues n'ont pas eu cette chance. Étranglés, violés et abandonnés dans les sous-bois, quand ce n'était pas égorgés, écrasés par des petits malins qui vous foncent dessus quand vous traversez la rue après avoir fini de faire votre client. Des morts atroces, stupides et surtout gratuites. J'ai perdu de cette façon beaucoup de gens que je connaissais. Bien sûr, certains pourront penser qu'après tout ce n'était que des travelos ; la police, en premier. Mais quand on est un membre de ce milieu, on est secoué d'apprendre que le travesti avec qui on a bu un verre la veille, a été retrouvé, égorgé, par les employés municipaux qui nettoient les sous-bois. Cela fait partie des risques du métier, c'est vrai, mais, chaque soir, avant de partir au Bois, je ne pouvais m'empêcher de penser que, peut-être, moi aussi, je risquais de tomber sur un dingue ; et quand je rentrais du Bois, je remerciais le Ciel de m'avoir protégé.

A ce sujet, il faut bien savoir que les travestis sont très superstitieux, la palme revenant aux travestis brésiliens (encore eux) qui pratiquent la Macumba, sorte de rituel à base de prières catholiques et de magie noire ; à la limite, du diabolique. Les Antillais, également, pratiquent une variante de ces rites mais le but est le même : la protection de soi et de ses finances, car le côté lucratif n'est pas oublié, bien au contraire. Car qu'est-ce qui mène le jeu ? C'est l'argent, bien sûr. Nous payons très cher la facilité avec laquelle nous l'obtenons. La comparaison avec la jungle n'est pas trop forte ; il faut un moral d'acier pour supporter tout cela. Derrière chaque travesti, il y a un être humain, souvent avec beaucoup de problèmes affectifs, en recherche d'identité, mais surtout en recherche d'amour.

Il est très dur d'entendre les travestis parler de leur condition. Bien souvent, ils ne sont pas sots, et ils savent bien que, sous leurs allures désinvoltes, ils cachent une grande sensibilité. Je crois qu'au lieu de leur poser des questions sur l'argent qu'ils gagnent, ou bien sur leur désir de se faire opérer (les psys), on ferait mieux de les laisser parler. Ils savent très bien le faire ; étant donné leur vie quotidienne — si on peut qualifier de vie, l'existence qu'ils mènent —, ils savent très bien expliquer leur mal de vivre et leurs réelles aspirations qui sont souvent beaucoup moins marginales qu'on ne le pense. Il faut bien réaliser que, souvent, le parcours des travestis est similaire au mien : adolescents fugueurs, prostitués très jeunes, en rupture totale avec leur milieu familial, ils sont dans une impasse, une situation de non-retour, et ils ne savent pas quoi faire pour s'en sortir. Le Bois est leur seul moyen de subsistance, la drogue leur seule échappatoire.

En fait, ce que je veux dire, c'est qu'ils attendent la mort. C'est pourquoi j'insiste sur le fait que chacun doit essayer de ne pas transformer en candidats au trottoir des jeunes en manque de dialogues et d'affection. Je ne noircis en rien le tableau, je me contente de le décrire tel qu'il est pour l'avoir cotôyé, et aussi pour avoir eu la chance de m'en sortir et pouvoir tirer la sonnette d'alarme. Ma vie n'est pas un cas de figure aussi marginal qu'on pourrait le penser, je ne suis pas une exception. Des centaines de gens ont mon vécu, et méritent, eux aussi, de s'en sortir. Alors, quitte à me répéter, dialogue avant tout. C'est déjà l'assurance d'un bon départ dans la vie, pour un jeune.

Ma vie, désormais, allait être réglée selon les horaires de travail et les horaires de mes différentes injections de drogue. Tout était organisé autour de cela. Même dans ma vie extra-professionnelle, il y avait les mêmes obligations. Celui qui a dit que la drogue est une maîtresse exigeante ne s'est pas trompé. En fonction de mes crises de manque de plus en plus fréquentes, je devais me procurer de la drogue et, pour cela, il n'y avait pas trente-six solutions : je devais me prostituer ! Il était loin le temps où je dépensais ma comptée de la veille en petites compensations, gadgets et autres séances d'épilation esthétique. Physiquement, la drogue ne m'ayant pas trop abîmé, il m'était facile de me procurer de l'argent avec des clients ; ceux-ci n'apprécient pas d'avoir affaire à des drogués en manque ; ils s'en méfient car — détail terre à terre — ils savent qu'un travesti en manque « bâcle » son travail et c'est ce qui les gêne le plus : ils ont peur de ne pas en avoir pour leur argent. Triste constat.

La presque totalité de mes gains passait désormais dans la drogue, il y avait donc peu de place pour le superflu. Même pour les repas, je devais calculer au plus juste. C'est ainsi que j'ai connu Siloe.

Siloe, c'est un restaurant tenu par des prêtres, situé en plein Pigalle. Pour venir en aide aux marginaux du quartier, ils proposent des prix modiques pour un repas. Parmi ces prêtres, il y avait Yvar, tour à tour confident, visiteur de prison, boîte à lettres des sans-abris. Aucune démarche religieuse n'était imposée aux différents clients, seule l'écoute était offerte à ceux qui voulaient bien se confier : un havre de paix dans cette jungle. Un lieu où l'on se sentait un peu moins marginal, un peu mieux compris. C'était devenu ma cantine, mon port d'attache entre un client et une dose. J'y passais des après-midi entiers à discuter avec d'autres travestis. Gérer un tel endroit est un peu dur, et parfois il fallait, je le reconnais, bien de la patience au personnel (bénévole, je le précise) pour supporter cette drôle de clientèle, pas toujours facile, toxicomane de surcroît et sans grande envie de s'en sortir.

Pour le moment, je ne voyais pas encore en Yvar une possibilité de m'en sortir, une planche de salut. Par fierté, je refusais d'avouer mon mal de vivre et je jouais à donner une image insouciante, irresponsable de ma personne, je refusais le dialogue. J'ironisais même sur les tentatives faites à notre égard pour nous aider, pensant sottement que c'était une forme de récupération, non pas spirituelle, mais plutôt que l'on servait à donner une image de l'ouverture de l'Église sur les différents fléaux contemporains.

En fait, poussé que j'étais à m'autodétruire, aucun appel, aucune aide ne pouvait me sensibiliser. Mes cicatrices étaient trop tenaces et, par ma vie actuelle, ces cicatrices se rouvraient tous les jours. J'avais perdu le sens du vrai, du beau, de la vérité, obnubilé que j'étais par cette incessante recherche de moi à travers tellement de choses superficielles et sans aucune valeur. Je vivais sans garde-fou moral, sans point de repère précis, si ce n'est une irrésistible pulsion pour une forme de dépravation la plus complète, dans laquelle j'espérais pouvoir me noyer et disparaître un jour. Le cynisme avec lequel je me jugeais étonnait beaucoup de mes clients, car même avec eux désormais, j'avais opté pour un comportement différent. Fini le temps où je cédais (souvent avec difficulté à leurs petits caprices et autres fantasmes), désormais je faisais le nécessaire et pas plus. Le nécessaire, c'est-à-dire que j'en faisais assez pour payer mon hôtel, et surtout ma dose. Fini le côté BCBG. J'avais plutôt un look moins sexy, plus baba cool, comme on dit. Cela ne marchait pas moins pour autant ; c'était très bien ainsi car, sans me laisser aller pour autant, je n'avais plus de frais de toilette aussi onéreux qu'auparavant. Je pensais que, dans l'état où j'étais, il ne m'était pas possible de tomber plus bas et j'espérais inconsciemment un sursaut de ma part.

Selon moi, ce sursaut viendrait si je trouvais un compagnon, pas forcément un amant. Le fait de prendre de la drogue et des hormones n'est pas particulièrement aphrodisiaque. A fortiori quand on se prostitue, le sexe n'est pas une chose importante, il passe même au second plan. Ce que je voulais, c'était de la tendresse, encore et toujours ce leitmotiv : être aimé.

J'ai cru avoir trouvé la solution avec C..., toxicomane lui aussi, et donc assez peu porté sur la « bagatelle ». De plus, L... était très intelligent et le fait de le côtoyer me faisait du bien. J'entendais parler d'autre chose que des clients, du Bois. A part notre toxicomanie, nous sortions de ce milieu tentaculaire qu'est la spirale de la prostitution. Du moins au début car, comme toujours, je ne voulais pas que C... travaille, pour l'avoir à ma portée tout le temps. Au début, C... n'était pas trop exigeant quant à la quantité de drogue qui lui était nécessaire, donc je n'avais pas à faire beaucoup d'heures de présence au Bois pour nous payer nos doses. Le fait de vivre avec lui me stimulait. Je travaillais vite, et je me dépêchais de prendre un taxi pour le rejoindre à Pigalle où il m'attendait. C'était un peu comme avec G... mais C... lui, de par son intelligence, était beaucoup moins intéressé que G..., du moins en apparence. Il savait très bien jouer de son charme, et s'il n'avait pas été toxicomane, il aurait fait un excellent proxénète. Mais, malheureusement pour lui, sa dépendance l'empêchait d'avoir un comportement trop dur envers moi car, sans moi, pas d'argent et donc pas de drogue. La franchise n'était pas non plus au rendez-vous, cette fois-ci. Je m'en moquais un peu car je ne voyais que le côté présence et le côté intéressant intellectuellement de C... Notre liaison a duré pendant un petit moment sur ces bases-là ; mais les besoins de C... sont devenus plus importants. Sa consommation, ainsi que la mienne, n'avait fait qu'empirer, et donc il fallait plus d'argent. Résultat, c'est nuit et jour que j'ai dû travailler pour arriver à joindre les deux bouts. Pigalle la journée, le Bois le soir. L'esclavage ! Mon physique commençait à vieillir. Je me négligeais de plus en plus, et mon apparence ne trompait personne. La police me le faisait remarquer à chaque interpellation, et quand ils voyaient mes bras, ils m'emmenaient à la brigade des stupéfiants d'où on me relâchait après une nuit de garde à vue.

A mon triste palmarès figuraient, en plus de la prostitution, le fait d'être travesti et le fait que je me droguais. Cela commençait à devenir encombrant, surtout que, désormais, j'étais connu et fiché sous ma véritable identité. Je tremblais à chaque contrôle. Pigalle n'étant pas assez rentable, c'est au Bois de Vincennes que je suis parti travailler l'après-midi ; mais comme le bois de Vincennes n'avait pas souffert du rush brésilien grâce à un accord entre la police et les travestis français déjà en place, mon arrivée n'a pas été très bien vue et j'ai dû me retrancher sur le cours de Vincennes, l'après-midi. En majorité, des toxicomanes y travaillaient, pour les mêmes raisons que moi. Toutes des femmes, je les connaissais de Pigalle où elles venaient acheter leurs doses, ce qui fait que je n'ai pas eu de mal à me faire une place. Malgré ma négligence physique, je pouvais encore donner le change à mes clients et, tout comme à Boulogne, je ne les avertissais pas de ma véritable nature. Pour limiter les risques, je faisais surtout des fellations mais, si j'avais vraiment du mal à avoir l'argent nécessaire, eh bien, tant pis ! je faisais les clients à l'amour. Inutile de préciser que les préservatifs ne me préoccupaient pas trop...

Cette période a duré un an. C... était recherché par la police pour une histoire antérieure à notre rencontre ; il fut arrêté et, c'est terrible à dire, j'en fus presque soulagé. Les derniers temps, nos rapports étaient devenus très tendus et, surtout, carrément intéressés de sa part. J'étais une fois de plus retombé dans le piège de l'amour faux, celui que j'achetais pour avoir une compagnie ; c'était une déception de plus, une nouvelle cicatrice.

C... m'avait fait découvrir un autre moyen de me procurer de la drogue quand nos finances n'étaient pas suffisantes. Je me vendais directement au dealer en échange d'une dose ; le problème est que ce moyen de facilité devient vite une habitude. Les dealers, souvent sollicités par les prostitués en manque, ne se gênaient pas pour nous faire payer notre dose, en exigeant de nous les prestations sexuelles les plus élaborées. S'ils avaient été des clients, nous aurions refusé mais là, en manque, nous nous inclinions. La drogue rabaisse vraiment.

Une fois C... arrêté, ma vie n'a pas changé. J'ai continué mes activités en solo, cette fois-ci. J'ai repris mes quartiers sur Pigalle, ainsi que mes habitudes. J'ai, bien sûr, renoué avec C..., qui habitait avec un autre travesti mais qui, malheureusement, se droguait également. Tous les travestis, partis comme moi de la rue Sainte-Anne sont tombés dans le piège des drogues dites dures. Nos chemins étaient parallèles, mais toujours dans le sens du mauvais. Pas un de nous n'avait réussi. Mon cheminement continuait ainsi toujours plus bas, toujours plus flou, toujours plus fou. A la drogue, il fallait associer la boisson, les cachets. Je commençais à ressembler à ces zombies qui reviennent des Indes.

Petit à petit, la drogue m'a amené vers la délinquance. Au début, j'ai commencé par voler des clients en leur faisant les poches, puis j'ai commencé à voler dans les grands magasins, pour ensuite revendre le produit de mes vols afin de me procurer de la drogue.

A ce palmarès peu brillant, il fallait ajouter que, hormis ces larcins, et pour me procurer de la drogue j'avais « vendu » une place à une fille qui débutait et qui n'avait pas de place fixe. En échange de deux cents francs par jour, je la laissais travailler à côté de moi. Souvent je demandais plus que la somme convenue. Cette fille n'était pas très intelligente : elle s'était fait mettre sur le trottoir par un soi-disant amoureux ; peu habituée au milieu impitoyable de la prostitution, elle croyait tout ce qu'on lui disait.

Bien sûr, ce n'était pas une raison pour en profiter, mais la vie n'avait pas été drôle pour moi non plus. Je ne cherche pas à expliquer mon comportement mais j'étais un peu comme ces parents qui font souffrir leurs enfants, sous prétexte qu'ils ont été martyrisés eux-mêmes par leurs parents. Il n'y a que très peu de place pour la pitié dans le monde que je fréquentais. S'attaquer au plus faible est le moyen le plus employé. Étant proies nous-mêmes, nous étions également des prédateurs pour d'autres. Loi stupide mais, malheureusement, très répandue. Il est bizarre de constater que lorsque nous en parlions entre nous, nous étions d'accord pour reconnaître que le milieu était pourri et, qu'entre nous, il n'y avait pas d'entraide. Malgré le fait que nous en soyons conscients, rares étaient ceux qui essayaient de faire changer les choses. L'embêtant, c'est qu'en y repensant, je m'aperçois que tout ce que je dis au sujet du milieu drogué est archi connu. Il ne faut pas croire que cette description est gratuite. Nous nous droguions pour pallier un manque affectif, pour oublier le chaos de nos jeunes vies (j'avais vingt-trois ans).

L'amour, pour nous, c'était une invention du même genre que la liberté, on n'y croyait pas ou plutôt on n'y croyait plus. A la place de l'amour, on avait eu du sexe, dans le sens le plus dégradant qui puisse être donné à ce mot. De la liberté, qu'avons-nous connu ? Rien, persuadés par des idées largement répandues qui prônaient une vie facile, nous y avions cru. Génération désenchantée, génération dégénérée. Nous ne savions exprimer notre souffrance qu'en nous détruisant, dans l'indifférence générale, le manque d'aides solides.

Chaque injection était un cri lancé dans le vide. Chaque client était un appel au secours, à l'affection, même si elle était tarifée. Plus nos corps se modifiaient, plus notre malaise grandissait. Tous ces appels étaient lancés sans bruit, mais il n'y a rien de plus violent que ce silence-là. C'est le silence de la mort ! C'est le désespoir qui étrangle ! Ce sont les yeux qui vous implorent et que vous ne regardez pas. Fardé, notre regard n'est plus le nôtre, mais quand, sous le fard, il y a des larmes, des scènes de violence, de débauches, comment voulez-vous avoir un comportement normal ? C'était plus que d'être aimé dont nous avions besoin, c'est d'être SUR-AIMÉ. Lourde tâche j'en conviens, mais inutile si, au départ, nous avions reçu le capital d'amour nécessaire à tout individu. Notre tort, sans doute, c'est qu'il nous fallait peut-être un petit supplément, un peu plus de chaleur qu'à quelqu'un d'autre ; mais, par manque de contact, nous ne l'avons pas eu. Cela donne à réfléchir, de voir les ravages causés par ce manque affectif...

Bois de Boulogne : l'arrivée des Brésiliens, leur impact sur l'image du bois

Les travestis brésiliens sont arrivés vers 1983, avec une nouvelle image de la prostitution travestie. Venant d'un pays où les travestis sont nombreux mais sévèrement réprimés par la police militaire en fonction dans le pays, ils imaginent l'Europe et surtout la France comme un eldorado, un pays de liberté, où ils pourront exercer leur activité en toute quiétude. De plus, il ne faut pas négliger le facteur économique ; le cruseros, la monnaie en vigueur au Brésil, est faible ; un franc équivaut à cinq cruseros. Pour beaucoup de travestis brésiliens, enfants de favellas, la prostitution est la seule issue. L'Amérique du Nord est pour eux le symbole de la réussite ; cela explique peut-être le besoin qu'ont ces travestis, une fois en métropole, de convertir leur argent en dollars. Mais l'Amérique du Nord est beaucoup plus dure en ce qui concerne l'accueil des étrangers, et le rêve américain s'est transformé en rêve français, parisien pour être plus précis, car il ne faut pas perdre de vue l'image que Paris donne à des gens pauvres et sans avenir. Paris, c'est le luxe, la capitale mondiale de la mode et de la liberté. Liberté des mœurs surtout, puisque Pigalle et Montmartre sont connus dans le monde entier.

Au début, ces travestis ont donc choisi Pigalle et, de surcroît, ils ont jeté leur dévolu sur la rue Fontaine, située dans le neuvième arrondissement, jusqu'ici réservée aux femmes. Cela ne s'est pas fait sans mal car, bien évidemment, les femmes prostituées ont vu d'un très mauvais œil l'arrivée massive de travestis dans leur secteur. Les souteneurs, et aussi les travestis français, ont tenté, au début, d'enrayer le fléau. C'était sans compter sur la ténacité des Brésiliens. Après avoir fait des milliers de kilomètres, après avoir économisé pour leur billet d'avion, après avoir tant espéré de ce pays, ils ne voulaient en rien, ni pour rien, quitter les lieux. De plus, la prostitution, au Brésil, est une affaire sérieuse, avec des règles beaucoup plus dures que celles en vigueur dans le milieu français : pour eux, le fait de se défendre avec un couteau ou un rasoir n'est pas une chose rare, c'est une évidence dans leur pays où la délinquance atteint des records. A force de pugnacité et, même, d'un certain courage, ils ont réussi à s'imposer dans un secteur jusque-là interdit aux travestis et ont bouleversé la carte de la prostitution parisienne, sans souvent très bien maîtriser la langue française.

Après Pigalle, c'est le bois de Boulogne qui est tombé entre leurs mains et, là aussi, ils ont réussi leur coup grâce à leur ténacité et aussi leur solidarité les uns envers les autres. Cet esprit de groupe, les Français l'ont beaucoup moins et cela explique qu'en si peu de temps, le bois de Boulogne soit devenu synoyme de Brésiliens.

Le look brésilien a également transformé les choses. Même si les travestis français connaissaient déjà la chirurgie esthétique, les Brésiliens ont amené avec eux un nouveau produit, la silicone. Silicone, mot magique pour les travestis, qui permet de donner les formes féminines tant désirées. Pas seulement la poitrine mais les hanches, le visage. En vérité, on s'injecte de la silicone partout pour avoir l'air d'avoir un corps parfait. Qu'est-ce qu'un corps parfait pour un travesti ? C'est un corps qui rapporte de l'argent, un corps qui est désirable, avec la démesure qui caractérise les Brésiliens. En fait, il s'agit de singer la femme dans son image la plus sophistiquée, la plus artificielle, la plus fausse et aussi la plus dégradante. C'est le cliché de la femme objet. Tous les travestis du monde copient cette image « idéale » de la femme, mais ce sont les Brésiliens qui maîtrisent le mieux la chose. Femme rime avec sexe. Pour eux, une femme se doit d'être un « sex symbol », à grand renfort d'artifices, de strass, de tenues provocantes. C'est souvent le mythe hollywoodien qui est copié.

Si je décris aussi longuement la « psychologie brésilienne » sur l'idéal féminin, ce n'est pas gratuitement, mais c'est pour que l'on comprenne bien le pourquoi du succès des travestis brésiliens auprès de la clientèle. Ils ont créé une nouvelle « race » de travestis, qui a suscité un regain d'intérêt chez la clientèle et, surtout, dans les médias et la presse. Jamais la fréquentation du bois de Boulogne n'a été aussi grande qu'après le reportage de *Paris-Match* sur le phénomène. La couverture qui titrait : « La folle sarabande des travestis du bois de Boulogne » a eu un énorme impact sur la clientèle ; les photos parues dans le magazine, montrant ces travestis dans « l'exercice de leurs fonctions », ont eu un effet « stimulant ». Car, en plus de leur corps siliconé, ils ont également apporté avec eux une nouvelle façon de se prostituer. Jusque-là, même si les travestis français arboraient des tenues « sexy », les Brésiliens ont introduit la nudité. Le corps simplement « vêtu » de strass, ils offraient aux clients la totalité de leur anatomie. Désormais, pour pouvoir travailler, il fallait suivre la nouvelle mode et c'est ainsi que les travestis français se sont fait siliconer pour avoir le désormais indispensable look brésilien et pouvoir, eux aussi, arborer les formes avantageuses de leurs envahisseurs.

Malheureusement la silicone employée souvent à l'excès donne parfois des résultats catastrophiques. Souvent la silicone employée était de mauvaise qualité. Comme pour tout produit à la mode, les prix de la silicone se sont envolés et il y a eu une véritable mafia de la silicone. Certains chirurgiens ont vu la « bonne affaire », et pour environ mille francs la séance, ils ont commencé à siliconer, en veux-tu, en voilà. Quand on sait qu'un litre de silicone est vendu sur le marché environ huit mille francs (certains travestis en utilisent environ trois litres rien que pour les hanches, autant dans les fesses, et un litre pour obtenir un galbe de jambe parfait), on ne s'étonnera pas de ce nouvel intérêt pour la silicone de la part des chirurgiens soi-disant esthétiques.

Les accidents ont été nombreux et tous aussi sordides les uns que les autres. Certains travestis ont payé de leur vie cette volonté de perfection physique. En effet, si la silicone employée n'est pas pure, il y a ce qu'on appelle un rejet : la silicone injectée sous la peau en intramusculaire, ressort par les pores, ou bien elle tombe, rendant ainsi invalide le travesti qui a eu le malheur de s'en faire injecter dans les jambes. Sur le visage, cela donne des choses incroyables : taches marron, pommettes au niveau des maxillaires.

Un exemple dramatique parmi tant d'autres : un travesti brésilien vouait un culte à Brigitte Bardot et, pour imiter la fameuse moue qui fit le succès de la star, il n'hésita pas à se faire siliconer les lèvres ; mais, mal conseillé, il s'en est fait injecter tellement qu'après, il ne pouvait plus ouvrir la bouche pour manger. Résultat, il devait manger des bouillies avec une paille. De plus, à cause de sa déformation, ce travesti était dans l'impossibilité de travailler ; en effet, plus question pour lui de faire des fellations. Alors il a décidé de se faire castrer, au Maroc, pour avoir un soi-disant vagin. Fiasco total : la vaginoplastie a échoué ; le pseudo-vagin s'est bouché et, malgré une nouvelle intervention, rien n'y fit. Au contraire, après la deuxième intervention pour lui rouvrir le vagin, le « chirurgien » a tellement creusé que désormais le travesti ne déféquait plus par l'anus mais par-devant, par cette horrible cicatrice qu'il avait en guise de vagin. Finalement, il s'est suicidé.

Comment de telles horreurs peuvent-elles exister ? C'est simple : l'argent ! Une vaginoplastie coûte environ quatre millions d'anciens francs au Maroc (payables en liquide et en dollars), sans aucun reçu, évidemment, et avec une lettre de décharge pour la clinique en cas d'accident. C'est un docteur français, rayé de l'ordre des Médecins, qui pratique ce genre d'opération. Maintenant qu'il est à la retraite, son assistant a pris la relève, assurant ainsi la continuité de la fortune de ladite clinique, célèbre pour avoir opéré le premier transsexuel appelé Coccinelle.

Le Maroc n'a plus l'exclusivité de ce genre de mutilation. L'Angleterre possède aussi une clinique, ainsi que la Suisse, la Hollande et depuis peu la France.

Un hôpital parisien opère gratuitement (c'est généreux) des travestis voulant aller plus loin dans leur transformation, après avoir eu un soi-disant contrôle psychiatrique pendant un an pour définir la véritable motivation du patient. On croit rêver. Tous les transsexuels que j'ai connus ont regretté leur choix. Même s'ils ne l'avouent pas, c'est un échec, le suicide est la seule porte de sortie pour eux après des années de drogue et de prostitution. Infâme, l'attitude de certains « psy » face à la chose, car si la transsexualité existe, certes, avec toute la douleur qu'elle représente, elle reste un phénomène rare. La plupart des travestis opérés ne sont pas des transsexuels mais des gens en recherche d'identité qui se font royalement avoir par des membres du corps médical peu scrupuleux, simplement intéréssés par l'aspect financier de telles opérations. Tout cela devrait être plus soigneusement contrôlé...

Le milieu de la nuit s'est également emparé du phénomène brésilien. Il était de bon ton de recevoir, dans les discothèques, ces « créatures étranges » au parfum exotique. Du même coup, les travestis français ont vu leur image de marque modifiée ; ce n'était plus une tare mais un « must » d'être ainsi. C'est la célèbre boîte de nuit, « Le Palace », qui a contribué à ce phénomène de mode. La jet set s'est mise à l'heure brésilienne et, donc, travestie. Ce qui n'était en fait qu'un réseau de prostitution avec toutes les abominations que cela comporte (proxénétisme, arnaques en tout genre, incitation à la débauche la plus complète, récupération de toute sorte), a été totalement occulté pour ne montrer que le côté brillant de la médaille. Il est vrai que les sommes d'argent manipulées par ces travestis avaient de quoi tenter. De véritables fortunes ont été et continuent d'être brassées dans le Bois. Seule la peur du SIDA a maintenant ralenti la chose ; et puis les Brésiliens sont partis, lassés de s'être fait arnaquer, laissant place aujourd'hui à une colonie colombienne et argentine.

Impact du phénomène brésilien sur moi
Drogue en permanence

Évidemment le phénomène brésilien m'a influencé. Tout comme les autres, j'ai sacrifié à la mode en vigueur, et mes habitudes s'en sont trouvées transformées, ainsi que mon mode de vie. Par chance, je n'étais pas un « accro » de la chirurgie esthétique. Étant d'origine espagnole, et donc assez typé, je jouais sur cela pour me donner ce côté exotique, désormais nécessaire pour plaire à la clientèle. J'ai simplement augmenté mon traitement hormonal pour me donner des formes plus « généreuses », alors que je prenais déjà beaucoup d'hormones en injection, j'ai renforcé le traitement en me faisant prescrire la pilule par mon médecin traitant, le même qui était si généreux pour tout ce qui était petites pilules miracle et injections de collagène, et qui m'épilait sans diplôme.

Quand j'ai quitté G..., j'avais un autre statut. J'avais une place au Bois dans la journée, un physique agréable et je comptais bien me servir de ces atouts pour arriver à faire ma place au Bois, la nuit, cette fois-ci. C'était quand même plus dur que ce que je pensais ; alors, grâce à Christian, j'ai découvert un autre lieu possible, le Trocadéro, exactement sur la place du Trocadéro, en plein cœur du seizième arrondissement. Sur la place, j'ai retrouvé, outre Christian, les gigolos de la rue Sainte-Anne qui avaient opté pour la voie travestie ; c'est un peu une famille que j'ai retrouvée, j'en avais besoin après cette année passée avec G... puisqu'il m'avait fait couper les ponts avec tout ce qui était mon passé.

Nous travaillions jusqu'à deux heures du matin, ensuite nous partions au restaurant et, bien sûr, au « Palace », l'endroit « in » du moment. Cette période fut assez insouciante ; le fait de retrouver Christian me faisait plaisir. Mais ce crochet par le Trocadéro ne me comblait pas. J'étais habitué au mode de travail du Bois et j'avais du mal à me faire à une autre forme de prostitution plus chic : j'étais lassé de ces clients un peu snob et de leur « cinéma ». En effet, comme je l'ai déjà dit, plus la situation du client est aisée, plus ses fantasmes sont spéciaux et surtout bizarres.

Je peux citer le cas d'un client (une des dix plus grandes fortunes françaises) à qui j'ai eu affaire. Presque tous les travestis du seizième arrondissement le connaissaient. Il habitait un appartement immense avenue Georges-Mandel. Son fantasme était de se travestir et il possédait une garde-robe féminine impressionnante. Il avait d'immenses placards remplis de chaussures, de robes en tout genre (certaines griffées par des grands couturiers) et de la lingerie féminine en quantité incroyable. Ce qu'il voulait, c'était que le travesti l'habille et surtout le maquille. Il disposait de produits de maquillage à faire pâlir d'envie plus d'une femme. Après l'avoir maquillé et vêtu, nous passions au lit. Pour détendre l'atmosphère, à côté du lit, il y avait une boîte de pilules remplie de cocaïne, et il conseillait vivement d'en prendre, étant, lui-même, grand amateur. Après avoir « sniffé », ses fantasmes surgissaient. Son truc, c'était de faire l'amour habillé en femme, avec un travesti. Ainsi il trouvait que la relation avait quelque chose de saphique, le côté lesbien de certaines femmes l'excitant. Il fallait jouer le jeu et faire comme si on était réellement avec une femme, en lui parlant au féminin et en le flattant sur sa « beauté ». Le prix d'une telle prestation était fixé au minimum de deux mille francs, cocaïne non comprise, minimum cinq grammes. C'est Christian qui a battu le record : il lui a donné cinq mille francs pour deux heures de ce petit jeu. Mais moi, au bout d'un moment, ces jeux m'énervaient et puis le côté financier n'avait plus pour moi la même valeur.

Désormais, je me droguais de plus en plus. J'étais devenu esclave de la drogue, bêtement, sans m'en apercevoir, aussi bizarre que cela puisse paraître. Au début, c'était pour faire comme les autres, pour me différencier un peu plus, pour supporter le froid la nuit, pour supporter mes clients... pour mille raisons, aussi futiles les unes que les autres. En fait, c'était parce que j'étais mal dans ma peau, mais l'orgueil, toujours lui, vous pousse à vous cacher la réalité des choses. Ma consommation est devenue quotidienne, et une grande partie de mes gains y passait. Finies les dépenses inconsidérées : l'héroïne était devenue mon nouveau proxénète. Au départ, l'héroïne permet de donner le change vis-à-vis des gens, et c'est là qu'est le danger. Avant d'être « junkie », on croit pouvoir maîtriser la chose.

C'est terrible, la drogue ; ça vous prend quand vous ne vous y attendez pas. Le premier réveil en manque a quelque chose de sordide et de terrible. C'est un peu comme si l'héroïne vous parlait et vous disait : « Tu vois, désormais, tu m'appartiens », et on est d'accord, non par masochisme mais parce que le manque fait souffrir. Pour arrêter la douleur, on est prêt à tout.

De plus, le milieu dans lequel j'évoluais se droguait, j'ai pris cela comme une fatalité et la vie m'est apparue encore plus pourrie. Je ne réglerais pas mes comptes avec moi-même en me droguant ; tant pis, je ferais comme si tout allait bien...

Pourtant, ma vie n'était pas agréable. J'habitais en hôtel à Pigalle, souvent avec un autre travesti. C'était plus par commodité pour payer la chambre, que par véritable amitié. Mon expérience avec G... m'avait « refroidi » et, question affection, j'étais en manque également. Mes seules relations sexuelles, je les avais avec mes clients. Autant dire que je n'en avais pas. Je vendais mon corps, mais ce corps que je proposais n'était même pas le mien, mon prénom n'était plus mien. J'avais perdu mon âme et mon identité. Pourtant, je n'étais pas encore au bout de l'horreur. Comme, par lâcheté, je ne voulais rien faire pour améliorer les choses, j'allais organiser ma propre descente aux enfers : toujours plus bas, pour me persuader que le bonheur n'était pas pour moi et qu'avec ma destruction, toutes mes turpitudes, toutes mes interrogations, tous mes doutes disparaîtraient en même temps que moi.

En fait, ce n'était pas le monde qui était mon ennemi mais c'était moi mon pire ennemi. Je me servais de mon esprit d'analyse naturel pour me disséquer de façon négative, avec une pointe d'ironie, de dérision. Mais, mon Dieu, que j'avais mal ! Ma vie me semblait tracée d'avance. Rien de ce dont j'avais rêvé n'arriverait, alors, pour la galerie, je faisais semblant de maitrîser les événements ; je faisais croire que, ma destruction, c'est moi qui la voulais, que c'était moi qui menait le jeu. En m'ayant volé mon enfance de la pire manière qui soit, en m'ayant offert du vice à la place de l'amour auquel j'aspirais tant, on avait fait de moi un révolté, un assoiffé d'amour impossible, un paria provocateur.

Annonce de ma séropositivité
Déchéance complète
Prison

Comme nous consommions beaucoup de drogue, Pascal et moi, nous devions passer la nuit au Bois, afin d'avoir l'argent nécessaire. Le fait que nous travaillions nus ou presque (avec juste un blouson sur le dos), plus le stress des clients, plus le nôtre, tout cela nuisait à notre santé. De plus, on s'alimentait très mal, jamais aux mêmes heures et, surtout, nous ne mangions que de la nourriture de fast-food. Pas très bon pour l'apport en vitamines.

La drogue que nous trouvions sur le marché était frelatée par les différents produits qui servent à la couper. D'où le nombre impressionnant d'abcès que je collectionnais, et que je soignais moi-même pour éviter toute hospitalisation. Il arrivait quand même que l'abcès soit trop important, alors, en désespoir de cause, j'acceptais de me rendre à l'hôpital pour me faire opérer. Je passe sur les difficultés d'admission, vu mon absence de papiers, et sur les réflexions aigres-douces d'un personnel surchargé.

C'est lors d'une hospitalisation que j'ai appris ma séropositivité. De la manière la plus dure qui soit. A mon arrivée à l'hôpital, une fois enfin admis, après maintes tergiversations... l'infirmière de garde m'a demandé si j'acceptais une prise de sang. Vu l'état de mes bras, je n'étais guère enchanté, mais c'était, paraît-il, nécessaire à mon anesthésie. J'ai donc eu une prise de sang. Le lendemain matin, j'ai été opéré et, dès que je suis sorti de la torpeur de l'anesthésie, mon premier souci a été de vouloir sortir. J'ai donc demandé à signer une décharge. L'infirmière-chef est venue me dire qu'il fallait attendre le responsable du service pour avoir mon bon de sortie. Je commençais à être un peu en manque et j'appréhendais de l'être encore plus. Évidemment, je n'avais pas l'argent pour me payer ma dose en sortant, et, de plus, je n'avais pas réglé ma chambre d'hôtel. Autant dire que, dès ma sortie, il me fallait travailler. J'ai transigé avec l'infirmière pour qu'elle me donne des cachets pour me calmer ; elle a bien voulu mais en spécifiant bien qu'il était hors de question de me donner des trucs trop forts. Le docteur est enfin arrivé et m'a dit qu'il voulait me garder un jour de plus, le temps d'avoir les résultats de l'examen. J'ai aussitôt évoqué ma toxicomanie et le médecin m'a promis de me donner du Valium et du Rohionol pour me calmer. J'ai accepté, c'était toujours un peu de repos de pris. Quant aux résultats de mes analyses, je ne m'en faisais pas trop. Bien sûr, ils ne devaient pas être folichons, étant donné la vie que je menais, c'était normal. C'est donc relativement sereinement que j'attendais mes résultats d'analyse.

Le lendemain, après avoir déjeuné, m'être lavé et avoir discuté avec une femme de salle charmante, j'attendais le verdict. Vers onze heures du matin, le patron est arrivé avec sa cohorte d'internes. Ce n'était pas le médecin que j'avais vu la veille ; il était nettement moins sympatique. Après m'avoir désigné d'un geste dédaigneux, il s'est tourné vers les internes en leur disant : « Nous avons ici un cas, travesti hormoné, prostitué bien évidemment, qui est porteur du virus HIV, sans parler d'une syphilis qui semble être prise à son début. Avez-vous des questions ? » « Quoi des questions ? Mais c'est moi qui en ai à te poser. De quel droit parles-tu de moi, comme si j'étais un chien ? HIV, qu'est-ce que c'est ? » Devant mon énervement, ce crétin s'est retourné et m'a lancé d'un air tout aussi dédaigneux que la première fois : « HIV, virus du SIDA. Vous êtes ce qu'on appelle un porteur sain. Mais vous deviez vous en douter, non ? »

M'en douter ! Bien sûr que non, pauvre pomme. SIDA. Ce n'était pas possible, pas moi. OK, je faisais des conneries mais ni plus ni moins que les autres dans mon cas. J'avais envie de lui sauter dessus et, en même temps, j'étais paralysé. Je regardais les internes, en espérant que l'un d'eux me dirait le contraire, mais ils sont partis à la suite de leur patron, qui ne jugeait pas utile de discuter plus longtemps avec moi.

Je me souviens très bien de la salle commune où j'étais. J'entendais celui qui venait me de signifier ma condamnation, s'éloigner ; je me suis mis à l'insulter, à hurler, devant tant de mépris. Je réalisais ce qu'il m'avait dit et, surtout, la manière dont ce con me l'avait annoncé. Je n'avais que vingt-quatre ans ! Ce n'était pas possible, à mon âge, d'être condamné. Je ne savais pour ainsi dire rien du mal que j'avais, ou alors les choses horribles que certains journaux à sensation en avaient dit, donc des conneries.

La femme de salle qui avait discuté avec moi est arrivée, alertée par mes cris. Je ne sais si elle avait entendu le diagnostic mais elle pleurait, elle aussi. Elle a été la seule à me réconforter, la seule à m'expliquer qu'il ne fallait pas m'affoler, que, séropositif, ce n'était pas tout à fait pareil que SIDA déclaré. Je me suis accroché à elle. Qu'allais-je faire avec ma profession ? Étais-je condamné à rester à l'hôpital ? C'est fou le nombre de choses qui vous passent par la tête dans des moments comme cela.

Une fois mes idées retrouvées, ou presque, j'ai réfléchi à l'attitude qu'il me fallait adopter. Après bien des hypothèses, c'est le silence qui m'est venu à l'esprit. Ne rien dire, n'en parler à personne. Faire comme si... Faire semblant. J'avais l'habitude de la dissimulation, cela ne serait pas trop dur comme rôle à jouer. J'ai demandé s'il m'était possible de sortir quand même, malgré les résultats d'analyses que j'avais. Bien sûr qu'il m'était possible de sortir ; on n'allait pas garder en pension tous les travelos séropositifs. Décidément, l'hôpital n'était pas le lieu d'asile dont je me faisais l'image. Qu'importe, je préférais vivre ma maladie dehors, libre, maître de ma vie.

La nouvelle m'avait profondément perturbé — cela se comprend —, et avait changé également ma manière de voir les choses. Puisque j'avais une épée de Damoclès au-dessus de la tête, j'ai décidé de ne plus m'embêter avec des problèmes superficiels. Désormais, je voulais gérer mon temps de manière agréable. Quitte à crever, autant en profiter au maximum. En profiter, pour moi, cela voulait dire me détruire deux fois plus et surtout deux fois plus vite. Finir ma vie en restant fidèle à l'image de ce qu'elle avait toujours été : un grand cinéma, une vaste comédie, un drame dont j'écrivais moi-même l'histoire, en multipliant à souhait les tourments et la chute.

Je suis donc retourné à Pigalle et j'ai vécu exactement comme avant, sans me ménager, sans me préserver, sans garde-fou comme avant. Avant, c'était quoi ? L'argent facile, l'impression d'appartenir à une sorte d'élite décadente. Mystificateur qui donnait une image fausse de lui pour mieux cacher ses blessures : androgyne pervers pour assouvir les fantasmes d'hommes en mal de plaisir codé, tarifé ; simulé, fou lucide parmi des fous qui ignoraient leur démence. Avant, c'était une fuite en avant, c'était la recherche de moi et d'un certain idéal : liberté d'aimer, liberté de transgresser les lois sociales et morales, de provoquer, soif d'absolu, en flirtant consciemment avec tous les interdits, quels qu'ils soient. Le monde n'était pas Amour, alors j'avais bâti un monde où l'amour se vendait, se souillait ; s'effritait jusqu'à ne plus ressembler à de l'amour ; vertige voulu pour un monde qui ne voulait pas de moi.

Mais, après, c'était quoi ? Je ne savais pas trop mais je pensais qu'après il n'y aurait plus de masque pour me cacher. Le néant, c'est tout. Malgré mon dégoût de la vie, j'avais peur de la mort, peur de souffrir, peur de faire partie de ces lépreux du XXe siècle que sont les sidéens, peur aussi d'être rejeté du milieu où j'avais eu tant de mal à me faire une place et que j'avais transformé en une seconde famille, peur de devoir entrer à l'hôpital quand ma santé deviendrait trop précaire, peur d'être seul à ce moment-là, peur de conserver cette lucidité, peur de me battre...

En vérité, j'ai averti Pascal de ma maladie. D'abord pour lui dire que, désormais, il faudrait faire seringue séparée, et les clients en commun avec un préservatif ; puis aussi pour qu'il m'aide à supporter mon nouvel état. J'ai prévenu Christian aussi, pour les mêmes raisons, hormis en ce qui concerne les clients car il ne se prostituait plus avec moi depuis belle lurette : c'est à l'ami, au premier ami que j'ai eu, que je l'ai dit. Aucun des deux ne m'a rejeté, bien loin de là. Secret partagé à trois et accord plus ou moins conscient pour faire comme si rien n'avait changé. Mais tous ces trucs, c'est facile à imaginer, on se croit plus fort qu'on n'est. En fait, le mal était dans ma tête en permanence, quand j'allais au Bois, quand je riais, quand je vivais tout bêtement.

Une autre chose est gênante dans une situation comme celle dans laquelle je me trouvais, c'est le regard que l'on porte sur son apparence et sur son corps. En temps que travesti prostitué, mon « fond de commerce », c'était mon corps. Un corps que j'avais transformé, modifié, en vue de plaire et de me vendre, de manière à gagner de l'argent. Avec la maladie, je savais très bien que mon corps n'allait plus suivre, qu'il allait devenir vulnérable et, de ce fait, moins désirable. Déjà, le fait de me droguer n'arrangeait pas les choses, corporellement parlant ; mais l'« apparence toxicomane » n'est pas trop problématique pour se prostituer, les clients préfèrant bien sûr un toxicomane à un sidéen, même si les préservatifs existent... La maladie fait peur, quelle qu'elle soit et la répercussion physique qu'elle a est beaucoup moins bien accepté que le laisser-aller d'un toxicomane. C'est cette dégration physique que je craignais, peut-être un peu par narcissisme mais aussi par peur de ne plus pouvoir vivre de la seule chose que je savais faire, me vendre.

Qu'est-ce que j'aurais pu faire d'autre ? Étant travesti, les débouchés étaient plus que restreints, hormis le spectacle dans les cabarets spécialisés, ou des photos pornos dans des revues tout aussi spécialisées, mais mes nombreuses marques d'abcès et mon manque total de photogénie ne m'auraient certainement pas permis de faire une carrière dans ce milieu-là. Aucune reconversion n'est possible tant qu'on est travesti, ou alors les exemples sont rares et ils passent tous par la transsexualité. Je n'avais eu aucune envie d'en arriver là avant, encore moins maintenant que j'étais séropositif. Revenir en arrière, physiquement parlant, me semblait impossible, tellement j'étais persuadé que le prénom que j'avais choisi était en fait mon vrai prénom et que mon apparence était la vraie. En tout cas, l'enveloppe dans laquelle je vivais me semblait définitive. Me remettre en garçon était totalement exclu. Je n'en avais pas envie parce que, tout en ayant honte de ce que j'étais devenu, j'avais peur de retrouver ma véritable image, j'avais peur de me retrouver face à moi sans artifice. Je n'étais rien auparavant, je n'étais pas grand-chose, maintenant non plus mais, au moins, j'appartenais à un groupe, j'avais une fonction, je vendais du sexe en représentant un fantasme masculin. Mon apparence de travesti me permettait, d'une certaine façon, d'exister ; sans elle, je ne voyais absolument pas ce que je pouvais faire et, surtout, ce que je pouvais être. Aucune qualification, aucune passion, le vide le plus complet.

En vivant comme je vivais, j'étais coupé des réalités, je ne pouvais concevoir un retour à la normale, un retour vers les autres. Je ne les aimais pas et ils ne m'aimaient pas. Quand je dis « ils », c'est de la masse que je veux parler car, comme on l'aura compris, il y avait des gens qui m'aimaient en temps qu'individu, en temps qu'être humain et non pas en temps que corps. Mais ces gens-là n'étaient pas nombreux et, aux yeux de la masse, ils passaient pour des marginaux car s'occuper, aider, apporter de l'affection à des travestis ou à des marginaux de n'importe quel bord, paraît suspect et cela dérange. En fait, on les prend soit pour des utopistes, soit pour des pervers qui, en nous côtoyant, cherchent à vivre des pulsions malsaines. Si ceux qui pensent cela savaient à quel point ils sont loin de la vérité, s'ils savaient la patience et la grandeur du potentiel Amour qu'ont ces gens-là...

Mal dans ma peau depuis tellement longtemps, mal dans ma manière de vivre, la maladie n'a fait qu'accentuer ce malaise.

Bien qu'habitué à n'être qu'une image, un fantasme vivant, un objet que l'on regarde et dont on a envie, même si c'est au sens le plus bestial du terme, il m'était impossible d'accepter une déchéance physique que je ne contrôlais pas. Les hormones, la silicone, la drogue, ça, au moins, je l'avais plus ou moins voulu ; j'avais plus ou moins choisi ma destruction. Mais ce virus dont j'ignorais tout, hormis le fait que j'allais peut-être en mourir, je ne l'avais pas choisi, je ne l'avais pas voulu.

Le SIDA, à l'époque, était moins connu que maintenant ; le porteur du virus avait une autre image que maintenant, on était mal informé et, surtout, on n'avait pas banalisé la maladie, c'était vraiment tabou. A toi de te débrouiller pour vivre avec et, si possible, sans en parler pour ne pas passer pour un pestiféré. Bien sûr, même maintenant, SIDA = tabou, mais beaucoup moins qu'à l'époque, vu les campagnes d'informations, les témoignages, les reportages qu'il y a maintenant. L'image sulfureuse, genre punition divine, s'estompe ; elle ne subsiste que dans des esprits attardés. Même si un malade du SIDA fait toujours peur, on n'ose pas lui cracher dessus. L'information est passée par-là, dans un sens positif pour une fois. Le regard des gens change, même si tout n'est quand même pas tout rose.

J'ai connu une époque — qui, heureusement, n'a pas duré longtemps — où les travestis soupçonnés d'être malades, étaient attrapés avec des filets par la police chargée de les embarquer. Couchés à même le sol du car de police, toujours dans le filet, les travestis étaient insultés par les représentants de la force publique, traités comme des animaux. Les policiers refusaient tout contact physique avec les « soupçonnés », au point même de ne pas vouloir toucher leur carte d'identité ; le car qui avait servi à l'interpellation était passé au jet d'eau et lavé à grand renfort d'eau de Javel. Monstrueux et inoubliable quand on l'a vécu. Depuis, grâce à Dieu, les choses ont changé et les scandaleuses opérations « filet pour chien enragé » n'existent plus. Mais cela a existé et c'est grave. Alors, même si on se savait atteint du SIDA, on n'osait pas le dire de peur d'être traité ainsi.

Comment s'étonner, dans ces conditions, que les travestis concernés aient travaillé « sans filet », c'est-à-dire sans préservatif, avec leur clients, par peur de montrer qu'ils avaient un truc à cacher. Au début, il y a eu un méli-mélo incroyable sur la maladie. Était taxé porteur du SIDA, tout travesti qui était trop maigre ; si, en plus, il mettait des préservatifs à ses clients, c'était la fin. Il était catalogué comme porteur de la maladie. Les clients, de leur côté, ne voulaient pas de préservatif mais, bien évidemment, ils ne voulaient pas non plus du SIDA ; alors ils se contenteraient de demander, une fois les tarifs acceptés, si on n'était pas malade, comme si on allait leur dire : « Eh bien oui ! J'ai le SIDA... »

Ensuite, ce sont les drogués qui ont pris. Bref il y a eu tellement d'idées reçues sur la question que je préfère ne pas penser au nombre de clients contaminés. Honteux comme comportement ?

A mon avis, le SIDA n'a fait que montrer au grand jour la bêtise, l'aberration de certains comportements de la part des clients et, une fois de plus, l'hypocrisie de leur démarche. Il y avait toutes sortes d'attitudes, aussi folles les unes que les autres. Même maintenant, allez proposez un préservatif en travaillant au Bois... Hormis quelques rares exceptions, la majorité n'en voudra pas. « Je ne suis pas malade », voilà ce qu'ils vous disent, croyant que vous les mettez dans la catégorie des clients à risque parce que vous sortez un préservatif de votre poche. Les travestis qui emploient des préservatifs perdent de l'argent au profit de ceux qui n'en mettent pas. Alors, dans l'histoire, qui a le comportement le plus aberrant ? Et puis n'oublions pas un point important : les clients sont consentants, ils ne sont pas obligés de monter. Pour éviter toute polémique, disons que les torts sont partagés. Mettons cela sur un manque d'information et un désintérêt pour ladite information. Et puis, il y a les candidats au suicide, apparemment très nombreux depuis l'apparition du virus. Donc, partageons les torts.

Pascal — Yvar
L'amitié, point de survie

Dans tout ce vide, qu'était ma vie ? Dans toute cette hypocrisie, il y avait ce que j'appellerais des rayons de soleil. L'amitié a toujours eu pour moi une très grande importance. Il faut, soit être très fort moralement, soit dénué de tout sentiment, pour pouvoir survivre dans ce milieu. Hormis Christian dont l'amitié m'a souvent aidé, il y a eu Pascal.

Pendant quatre années, nous avons vécu ensemble et affronté des époques de galères. Je l'ai rencontré alors que je venais de passer trois semaines en prison pour une affaire de vol. Lui aussi sortait de prison, et notre amitié est peut-être née grâce à cette coïncidence. Il était travesti également mais, contrairement à moi, il ne se prostituait pas — chose très rare pour un travesti. Il était voyant et avait hérité de ce don grâce à sa mère qui l'avait initié aux arts divinatoires. Il est certain que cette profession originale a contribué à me rapprocher de lui, moi qui aimais tant tout ce qui sortait de l'ordinaire.

Grâce à lui, j'ai découvert un milieu nouveau, des gens passionnants, un nouvel horizon et un certain goût pour la vie. Il ne se droguait pas et, mis à part le fait qu'il soit travesti, avait une vie assez « normale ». Il était hébergé par des lesbiennes quand je l'ai connu et il m'a proposé de venir aussi afin de ne pas tomber de nouveau dans l'enfer de la prostitution. J'ai ainsi vécu six mois d'expériences en tout genre assez positives, et surtout riches en découvertes et en rencontres. Comme Pascal avait perdu son logement à la suite à son incarcération, il ne pouvait exercer sa profession qu'en se rendant chez ses clients. Clientes est plus exact, car ce sont presque uniquement des femmes qui constituaient sa clientèle.

Parmi ses clientes, l'une était très sympathique, Lucette. Elle avait connu Pascal du vivant de sa maman et le traitait un peu comme une mère. Quand je l'ai connue, Lucette vendait des objets en tout genre (peignes, maroquinerie) dans le métro, à la sauvette. C'est-à-dire qu'avec deux tréteaux et une table, elle vendait en faisant son boniment aux usagers du métro. Commerce interdit normalement par la RATP mais toléré. Des amendes pour vente illicite étaient le seul risque encouru, avec la saisie de la marchandise. Lucette régnait sur une bande d'Hindous qui lui servaient de faux clients pour appâter la clientèle et faire le guet en cas de présence policière dans les parages. Cette profession n'était pas vraiment illégale puisqu'elle était tolérée. D'ailleurs, Pascal et moi avons servi de faux clients aussi, pour un ami et concurrent de Lucette. Il fallait bien vivre et la cartomancie, c'était le domaine de Pascal et non le mien ; alors, pour pouvoir m'en sortir sans faire le trottoir, c'était une bonne solution. Pendant six mois, cela a marché ainsi et notre amitié a très bien fonctionné. Pascal m'avait réconcilié avec la vie, et les gens qu'il connaissait m'avait réconcilié avec la société.

Malheureusement, nous avons perdu pied à cause d'une histoire avec l'homme qui nous employait ; pas assez de ventes, donc obligation de nous débrouiller autrement. Dans un premier temps, nous avons pensé travailler à notre compte, mais pour cela, il nous fallait de l'argent pour pouvoir acheter un stock de marchandises et trouver un nouveau logement ; en effet, une fois nos relations professionnelles terminées avec notre employeur, il ne nous hébergeait plus. Cruel dilemme pour moi.

Depuis six mois, je n'avais guère fréquenté Pigalle, et j'avais presque oublié que la fonction première d'un travesti est de se prostituer. Mais je savais que le trottoir rapportait assez d'argent pour pouvoir acheter la marchandise rapidement sans rien demander à personne. Du coup, j'ai décidé de reprendre mes activités sur Pigalle et le Bois de Boulogne, le temps de me procurer l'argent nécessaire. Nous étions en automne et le trottoir ne marchait pas des masses ; de plus, comme j'avais perdu l'habitude de me vendre, je n'arrivais pas très bien à gérer mon retour sur le pavé. Le froid, les clients et leurs fantasmes à la noix ont commencé à me peser. Pascal, se rendant bien compte de mes problèmes, a décidé de m'aider. En faisant le trottoir lui aussi. Cela a été notre erreur. Outre Pigalle que Pascal connaissait pour y avoir des travestis amis qui y travaillaient, moi je lui fis connaître le Bois et c'est sur mon coin qu'il s'est installé. On avait un hôtel à Pigalle pour faciliter notre nouveau moyen de vie, au moins on était sur place. Mais nous étions aussi en contact permanent avec le monde de la prostitution et le monde de la drogue. J'ai revu d'anciennes relations « bien intentionnées » qui m'ont rebranché avec les dealers et tout a recommencé très vite.

Dans un premier temps, Pascal est resté fidèle à son idée de prostitution provisoire et, de ce fait, quand il a vu que je commençais à sombrer, il a préféré habiter toujours dans le même hôtel mais avec un autre travesti. Je crois qu'il m'en voulait un peu de ma faiblesse. Moi, le fait de perdre Pascal m'a culpabilisé. Non content de mettre ma vie en l'air, il fallait que je mette celle des autres également par terre ! Du coup, démoralisé, j'ai renoué avec mes habitudes et sans plus aucun espoir. C'était pour moi une fatalité et une évidence : je n'étais bon qu'à faire le Bois. Bien sûr, au début, j'ai essayé de limiter les dégâts mais on n'est jamais maître de ce genre de situation. Pas de drogue tous les jours, tentatives d'économies, tentatives de faire des projets constructifs... Mais tout cela, c'était du vent, comme toujours. Mes mauvais démons m'ont bien vite repris et, de nouveau, j'ai essayé de me perdre dans ma vie dissolue en reprenant un autre amant, gigolo et bien sûr toxicomane, dont j'achetais la présence à coup de sachets d'héroïne.

Un soir, Pascal était devant le tabac qui servait de point de ralliement aux toxicomanes. Il était avec le travesti avec qui il habitait. Je connaissais ce dernier de longue date et je savais qu'il était toxico. Je me suis expliqué la présence de Pascal pour cette raison. Mais quand le dealer est arrivé, j'ai compris le pourquoi de la présence de Pascal à cet endroit : il a donné ses sous à l'autre travesti pour être servi. Je me suis bien gardé de tout commentaire puisque, moi aussi, j'étais là pour ça, mais j'ai bien senti que Pascal était un peu gêné. Lui aussi venait de tomber dans le piège de la drogue. Certes il faisait très froid, les rafles de police étaient nombreuses, et les clients rares ; sans parler de l'arrivée au Bois de jeunes travestis mineurs ; alors les affaires ne marchaient pas très bien, mais de là à se droguer... Mais j'étais assez mal placé pour juger. Désormais, c'est tous les soirs que je croisais Pascal à ce fameux rendez-vous. Il cherchait, tout comme moi, un remède à sa nouvelle vie, faite, tout comme la mienne, de désillusions en masse.

Notre étiquette de toxicomanes nous a rapprochés, et de nouveau nous avons habité ensemble. Mais la drogue était désormais notre seule préoccupation, ainsi que le trottoir. A travers Pascal, je revoyais mon itinéraire mais il est difficile de mettre quelqu'un en garde quand on agit comme lui. Exit le gigolo qui me servait d'amant, je n'avais plus besoin d'une présence tarifée puisque Pascal était là.

Désormais, c'est à deux que l'on affrontait les problèmes, en les partageant pour le meilleur et pour le pire, surtout le pire. Pascal s'était fait une bonne réputation dans le milieu. Les clients ne manquaient pas pour lui, les autres travestis l'avait bien accepté. Il était beaucoup moins fantasque que moi. Sa révolte était cachée et il n'avait pas mon côté provocateur. Il était plus stable sur bien des points mais, en fait, il portait un masque lui aussi : le soir, après le travail, souvent il se laissait aller à sa véritable nature. En fait, il était extrêmement sensible, comme nous tous. Pourquoi aurait-il été différent de nous ? Toujours ce sacré manque affectif, ce même abandon, doublé pour lui par la mort de ses parents, et ces liaisons tout aussi destructrices que les miennes. Pascal était très doué pour analyser les gens et lui-même, cette faculté le gênait tout autant que moi ; il aurait préféré être idiot pour ne pas se rendre compte, lui aussi, de cette laideur autour de nous. C'est dur d'être réaliste, sans aucun projet positif, surtout quand on vit dans un milieu pourri. On allait voir Lucette quand cela allait trop mal et, souvent, elle nous remontait le moral. C'était une des rares clientes que Pascal faisait encore, mais au-delà de la cliente et du paiement de la consultation, c'était de la tendresse que nous venions chercher, de la vraie tendresse ; une bouffée d'air pur.

J'avais fait connaître Yvar à Pascal. Bien que non-pratiquant, il n'était pas contre la religion non plus puisque, dans son enfance, il avait reçu une éducation religieuse par sa mère. En cas de blues on allait voir Yvar chez lui pour discuter. Entre temps, les choses avaient changé pour Yvar. Il ne travaillait plus au restaurant Siloe. On lui reprochait d'introduire trop de marginaux, alors que l'idée première avait été d'ouvrir ce restaurant pour être une antenne d'écoute au service des défavorisés et des exclus. Boycottage donc de ce restaurant où nous n'étions plus aussi bienvenus qu'avant. Il faudra attendre le départ du prêtre qui s'en occupait — et qui s'était opposé à Yvar — pour que Siloe retrouve sa vocation première ; pour le moment, l'établissement reniait ce qui avait fait son intérêt.

Ah ! il est bien difficile d'être compris et soutenu quand on s'occupe de marginaux. Yvar en avait fait les frais. Bien sûr, je l'ai déjà dit, ce n'était pas évident de gérer une telle affaire. Souvent, les travestis ont servi la cause de leurs détracteurs, en ayant des comportements un peu violents au sein de cette structure ; mais, au lieu d'en discuter, les responsables avaient voté contre nous en faisant porter le chapeau à Yvar. C'est pourquoi j'admire Yvar qui, malgré les critiques dont il a été l'objet, a quand même continué à tenir son rôle de point de liaison entre le trottoir et une certaine forme de réinsertion intelligente, jamais obligée mais toujours suggérée habilement ; et ceci, avec des moyens plus que limités et un dévouement totalement désintéressé, contrairement à ce que certaines personnes ont dit. Mais ce peu de reconnaissance à son égard est la preuve d'une certaine jalousie par rapport aux différents succès de réinsertion qu'Yvar a connus, la mienne et celle de beaucoup d'autres. Car réinsertion ne signifie pas forcément obligation de rentrer dans un moule, mais plutôt essayer, en premier lieu, de faire accepter ce moule, en montrant les avantages et les inconvénients d'un tel choix.

Changement de vie
Lassitude du système
Dégoût de l'attitude des pouvoirs en place

Ma toxicomanie m'a fait changer de statut dans le monde de la prostitution déjà très sélectif. Le fait d'être toxicomane est une chose assez mal vue dans le milieu des prostitués. Une des principales raisons de ce rejet est la peur que les toxicomanes fassent baisser les prix des passes ; en effet, lorsqu'on est en manque, il faut reconnaître que, souvent, pour avoir sa dose, on fait n'importe quoi à n'importe quel prix. La deuxième raison, c'est l'association drogue et déchéance qui donne une mauvaise image de la prostitution, une image sale, au sens hygiénique du terme ; en effet, l'hygiène est le cadet des soucis d'un toxicomane. Après viennent les risques de vols, d'entôlages, comme on dit dans le milieu. Pour toutes ces raisons, les toxicomanes sont mal tolérés. En plus, à cause de leur toxicomanie, ils amènent avec eux le milieu dealer et la police, automatiquement. D'où une certaine réputation d'indicateurs. C'est vrai que beaucoup de travestis toxicomanes travaillent avec les services de police qui se servent d'eux pour faire tomber des petits dealers, mais les autres espèces de toxicomanes en font tout autant, y compris les dealers eux-mêmes.

Jusque-là, j'avais réussi à plus ou moins bien gérer ma toxicomanie ; pour me procurer de la drogue, je n'en étais pas encore réduit à des extrémités trop dures. En fait, c'est petit à petit que l'on sombre, sans vraiment s'en apercevoir. C'est inquiétant et rassurant parce que l'on pense que cette déchéance ne peut pas aller plus loin, qu'en fait ça y est, que cette fois-ci on approche de la fin, que toute cette laideur se terminer, qu'on ne peut pas faire pire. C'est terrible de constater à quel point on change moralement, physiquement, à quel point on est lucide, en même temps, sur tous ces changements. Mais l'horreur, c'est que la fin ne vient pas. On se demande jusqu'où il faudra aller pour, enfin, se détruire...

Il existe des organismes d'aide pour ce genre de problèmes mais, souvent, faute d'organisation, de crédits, ces organismes ne peuvent rien pour nous. Au mieux, ils peuvent nous sevrer pendant un certain temps mais, une fois ce temps écoulé, que nous amènent-ils ? La rue, le vide, le retour à la case départ. Comme la majorité des travestis, pendant un moment, j'ai essayé de m'en sortir. Pour cela, j'ai frappé aux portes de différents organismes, mais la réponse était toujours la même : soit il n'y avait pas de place tout de suite pour m'accueillir, soit la méthode employée pour faire décrocher ressemblait trop à une solution carcérale. Je vivais un enfer, je ne voulais pas de ces solutions trop dures.

J'espérais encore, et l'enfermement dans un pavillon en service psychiatrique me faisait peur. Certes, j'étais malade physiquement mais, mentalement, je me voyais comme quelqu'un de normal. Peut-être un peu déséquilibré par ce manque d'affection que je traînais comme un boulet, mais pas fou. C'est cette sentence-là qui fait peur et, malheureusement, c'est souvent la solution proposée : un isolement forcé, avec thérapie et entretien avec des « psy », dont on ne comprend pas toujours la réelle motivation quand ils vous « dissèquent ».

Les problèmes qu'ils évoquaient, je les connaissais aussi bien qu'eux ; je savais où étaient mes manques exacts. Le fait de rapprocher ma toxicomanie d'un trouble de la personnalité (genre transsexualisme) m'a toujours fait sourire, tout comme les questions à propos des soi-disant envies sexuelles que j'aurais eues envers ma mère ou mon père. C'est un langage que je trouve inopportun quand ce que l'on demande, en fait, c'est d'être soigné pour une maladie que l'on connaît pour la vivre au quotidien, dont on connaît les symptômes par cœur ; et c'est d'avoir une aide morale pour s'en sortir, pour retrouver goût à la vie tout simplement. Pour tenter de décrocher, je suis parti pour Bordeaux, dans un service dont le grand patron s'occupe de transsexualité. Je suis parti là-bas avec un autre travesti et, dès notre arrivée, nous avons dû signer une sorte de contrat avec le service. On s'engageait à rester un minimum d'une semaine, on acceptait d'être séparés, de ne pas avoir de cachets ou de drogues dans nos bagages, enfin de nous soumettre à divers examens médicaux et psychologiques. Ce service, à l'époque, avait bonne réputation dans le milieu travesti car le moyen, pour faire décrocher, était expérimental. C'était une machine appelé Anesthelec qui, branchée grâce à des électrodes envoyant un courant électrique, était censée non pas faire disparaître la douleur, mais la calmer, de manière à ce qu'on ne prenne pas de médicaments de substitution. Pour mon goût, ce n'était pas vraiment au point mais l'éloignement de Paris, de mon milieu habituel, pouvait peut-être m'aider à retrouver un équilibre dont j'avais besoin. Au départ, je me suis plié aux règles et, même si le manque me tourmentait un peu, j'essayais de toutes mes forces de lutter. Au bout de cinq jours, moment de la fin du contrat, on m'a annoncé que mes analyses me déclaraient syphilitique, ainsi que le travesti avec qui j'étais arrivé. Malgré le fait que j'aie déclaré vouloir me soigner à Paris, cela m'a été refusé. Il y avait un soi-disant arrêté préfectoral contre nous qui nous obligeait à rester jusqu'à la fin de notre traitement. Déjà, la mesure ne m'enchantait guère, je l'avoue, mais d'un autre côté, j'ai pensé que, peut-être, c'était plus sûr de le faire à Bordeaux car, avec la vie que je menais à Paris, je n'aurais peut-être pas suivi le traitement normalement. C'est à ce moment-là que l'on m'a proposé de voir une psychologue pour discuter avec elle. Ma foi, pourquoi pas ?

C'était l'assistante du professeur, et son seul souci était de me parler d'opérations en vue de changer de sexe. Jamais je n'avais déclaré vouloir le faire et, même après le lui avoir signalé, elle a continué ses entretiens. Après le test des fameuses taches d'encre et autres tests sur lesquels il est facile de dire n'importe quoi, enfin pas tout à fait, en ramenant tout au plan sexuel, je pensais que cette dame comprendrait enfin que ce que je voulais, c'était ne plus me droguer, et non pas un pseudo-vagin. Peine perdue ; au bout d'un moment j'en ai eu assez et je l'ai envoyée balader, elle et ses histoires d'inceste et de sublimation de la mère dans la prime enfance. Du coup je me suis enfui de l'hôpital et je suis remonté à Paris. Le soir même, je me suis retrouvé sur le trottoir pour gagner de quoi m'acheter une dose.

Fiasco total. Des expériences comme celle de Bordeaux, j'en ai fait un bonne dizaine, et toutes aussi négatives. A mon appel, on répondait par d'autres problèmes, on me répondait mal. Ce que j'aurais voulu entendre, c'était « présent », et non pas transsexualité ou autre déviation. Le milieu hospitalier souffre d'une lacune très grave en ce domaine : il cherche midi à quatorze heures, alors que ce qu'attendent les toxicomanes c'est une forme d'amour, pas compliquée du tout à donner : l'affection tout simplement. Il est amusant de constater que, bien souvent, ce sont des femmes de salle, des brancardiers, des gens qui n'ont pas une préparation spéciale pour discuter avec des drogués, qui aident beaucoup mieux le toxicomane, en le traitant non pas en numéro de dossier mais en être humain. Souvent des relations beaucoup plus fortes se créent avec ces personnes qu'avec les spécialistes sensés nous aider. Pourquoi ? Parce qu'elles savent donner de leur temps, de leur chaleur, de leur amour, et c'est cela que nous voulons et non pas des discours pompeux, ni des analyses tordues sur notre sexualité, déjà bien assez biscornue sans en rajouter.

Du coup, les cartes sont souvent faussées d'avance. Les différents moyens d'aide proposés aux toxicomanes sont piratés par ces derniers, et c'est avec l'assistance de médecins bidons et peu scrupuleux que l'on tente, à grand renfort de cachets, de nous sevrer, sans oublier l'automédicamentation dont les toxicomanes sont très friands, encouragés qu'ils sont par des charlatans qui les poussent à prendre des produits miracle, des cocktails de neuroleptiques aux effets ravageurs.

Abattage
Clochards
Prison
Déchéance

Depuis l'année de ma séropositivité, ma vie avait basculé ; elle était complètement brisée. Désormais, à mon mal de vivre, s'ajoutait ce mal insidieux et invisible qui me rongeait. Physiquement, je ne ressentais que très peu de symptômes de ce mal. Certes, j'étais souvent fatigué, je perdais du poids de façon anormale, mais je n'associais pas cela à la maladie elle-même ; c'était, pour moi, le résultat de mon auto-destruction depuis que j'étais au courant. Au lieu de me protéger, je faisais tout ce qui était contraire à l'amélioration de mon état. Je buvais deux fois plus qu'avant ; le nombre de cachets pris dans une seule journée se comptait en boîte ; je me défonçais jusqu'à perdre connaissance. Évidemment, un tel laisser-aller n'a pas tardé à porter ses fruits.

J'ai perdu mon logement à l'hôtel ; me retrouvant à la rue, je n'ai même pas cherché un autre hôtel. Je dormais dans des couloirs d'immeubles ; j'allais prendre mon petit déjeuner chez Ivar et j'en profitais pour me laver dans sa salle de bain. Ensuite, je sortais me prostituer pour me payer mes cachets. Cercle infernal ! Beaucoup de gens essayaient de me faire comprendre que mon état les inquiétait mais je n'en avais cure. Je promettais de faire plus attention mais je n'en faisais rien. Tout me passait audessus, comme on dit, et je restais accroché à mon idée : me détruire, montrer à quel point j'étais mal, pour donner un sentiment de culpabilité aux gens. J'en voulais à la terre entière. Je voulais être l'image vivante de la déchéance, je voulais régler mes comptes avec ce milieu qui m'avait détruit, je voulais même déranger ceux qui en faisaient partie : je devenais marginal dans mon milieu.

Après avoir été un exemple de réussite, j'étais un exemple de décadence. J'avais, une fois de plus, changé de masque pour mieux me perdre, avec toute la démesure que j'avais eue jusque-là... sans domicile fixe, mes affaires une fois chez Ivar, une autre fois chez Lucette. Pascal était mon seul compagnon de galère, mais il était quand même moins « fou » dans son auto-destruction, et je sentais bien que, lui aussi, se démarquait de moi, non pas par dégoût mais parce qu'il savait ce que mon comportement cachait ; il n'avait pas besoin d'un « révélateur », comme moi, pour comprendre que nous étions en fin de parcours. Nos angoisses, nous les partagions un peu à part l'un de l'autre. Seuls les moments où nous prenions nos cachets nous rapprochaient encore.

Je sentais tout partir, je n'avais plus d'avenir. Les gens parlaient de moi au passé et certains ne me reconnaissaient même plus. Quand ils s'apercevaient de leur méprise, ils étaient évidemment gênés et embarrassés. J'ai même vu certains clients me donner de l'argent, sans rien me demander en échange, en souvenir des moments qu'ils avaient passés avec moi autrefois. Certains ont même essayé de me secouer en me montrant des photos de moi avant, pour que je réalise l'ampleur des dégâts mais c'était peine perdue ; au contraire, je me disais qu'ils n'avaient qu'à se demander pourquoi j'étais comme cela. Je refusais toute aide, et je me moquais de leurs tentatives. J'ai sacrifié, ainsi sur l'autel de la bêtise et de l'orgueil mal placé, bien des amitiés. C'était la première fois de ma vie que je désirais m'écarter, m'isoler de ce milieu où, pourtant, j'avais cru trouver une seconde famille. Pour la première fois, je voulais être seul. Même professionnellement parlant, j'ai perdu contact avec mes collègues. Je n'avais plus d'horaires de travail, plus de lieu de prédilection, j'étais entre Pigalle et le Bois. De plus, vu la fatigue, mes heures de travail étaient limitées au strict minimum.

Pour me faire de l'argent, j'ai commencé à voler dans les grands magasins. Je volais des articles de parfumerie, des vêtements que je revendais ensuite aux filles qui travaillaient dans les bars de Pigalle et de la rue Saint-Denis. Ce manège a duré environ six mois. Pour me donner de l'assurance, je buvais et je prenais des cachets avant d'aller me livrer à mes forfaits. C'est dans un état de quasi somnambulisme que j'arrivais à voler. La chance, si l'on peut appeler cela ainsi, m'a souri pendant six mois puis, la tuile ! Je me suis fait arrêter en flagrant délit dans un grand magasin avec la bagatelle de quatre mille francs d'objets volés. Vu l'importance de la somme, la direction du magasin a porté plainte contre moi. J'ai été jugé dès le lendemain et incarcéré avec une peine de deux mois de prison ferme.

Mon apparence physique n'a pas joué en ma faveur. Le juge a déclaré qu'en plus de la sentence pour vol, il y avait aussi obligation de me désintoxiquer et, comme j'étais sans domicile fixe, le meilleur endroit pour cela, c'était la prison. Je suis donc retourné à Fresnes, toujours dans le quartier des travestis, pour y purger ma peine. Je n'étais même pas angoissé, au contraire j'étais soulagé. Je n'en pouvais plus, ni moralement ni physiquement. Cette incarcération allait me donner le temps de me pencher sur moi-même, de faire une pause. Bien sûr, comme à l'accoutumée, j'ai averti Ivar de mon incarcération, et il est venu me voir.

En étant sevré, mon esprit est redevenu plus lucide, mes pensées moins noires ; je formais même quelques projets pour l'avenir. Je me rendais compte que mon attitude avait été dure pour des gens qui ne cherchaient qu'à me venir en aide. En plus de cette culpabilité, je changeais d'attitude envers ma maladie ; je ne l'acceptais toujours pas mais j'essayais de trouver le meilleur moyen pour vivre avec. Je m'étais rendu compte qu'en fait, je n'étais pas le seul à vivre cela. En nous coupant du monde extérieur, la prison modifie nos rapports avec les autres. On est tous logés à la même enseigne. Les confidences sont plus faciles ; le partage et le respect de l'autre y sont un peu plus grands qu'à l'extérieur. En prison, les masques tombent et on n'a pas peur de montrer son vrai visage à ses compagnons de cellule. En voyant que je n'étais pas une exception, cela m'a mis du baume au cœur et un certain espoir.

Je n'envisageais pas pour autant de me faire soigner ni même de changer de vie. Ce que je voulais, c'était revivre comme avant ma maladie et abandonner cette vie de clochard que j'avais menée avant mon incarcération. J'avais décidé de me faire soigner afin de limiter les dégâts. C'est donc plein de bonnes intentions que j'ai quitté Fresnes et que j'ai retrouvé mon quotidien. Pendant mon séjour en prison, j'avais repris une apparence plus solide. J'avais grossi et, surtout, je ne me laissais plus aller. J'ai réintégré l'hôtel dans lequel j'habitais et j'ai mené la même vie qu'auparavant en compagnie de

Pascal. Dans cet hôtel où la majorité des chambres était louée à des travestis, j'ai également retrouvé Christian. Je ne prenais plus d'héroïne du tout, même quand mes gains me l'auraient permis. Par contre, j'allais toujours chercher des ordonnances d'anti-dépressifs chez le docteur dealer de Pigalle. Mais j'essayais de ne pas trop en prendre ; je partageais mon ordonnance, soit avec Pascal, soit avec Alexandra, un autre travesti, pour limiter la tentation et la consommation de cachets. Ce système D a marché assez bien. J'ai retrouvé mon ancienne clientèle et l'argent rentrait un peu plus qu'avant mon incarcération. Je pensais, une fois de plus, m'être sorti du guêpier.

Pascal, lui aussi, avait fait des projets. Il s'était tourné vers les sciences occultes, avait renoué des liens avec sa clientèle comme par le passé, et s'était mis en tête de faire des économies pour louer un studio, afin de se consacrer uniquement à la voyance.

De ce fait, en l'accompagnant comme par le passé pour ses consultations chez ses clientes, j'ai revu Lucette qui, évidemment, était ravie de nous voir dans de si bonnes dispositions. Elle nous témoignait toujours la même affection et le même soutien, autant à l'un qu'à l'autre. Ivar aussi nous témoignait sa joie de nous voir sortir un peu du milieu de la drogue. Bien sûr, il se doutait que tout cela était bien fragile mais il nous encourageait.

Tout aurait été pour le mieux si, sur le marché des stupéfiants toujours renouvelé en produits nouveaux, nous n'avions pas connu le fameux Eminoctal, cachets redoutables. Il suffit de deux cachets pour être défoncé ; en plus, le prix de la boîte était plus que modique, environ six francs. Comme à notre habitude, c'est avec une ordonnance que nous nous le procurions chez le même fournisseur, dealer, docteur. Au début, cela nous apparut comme la solution miracle. Fini les boîtes entières de Temesta et de Rohyonol avalées avec force bouteilles de bière. Ce que nous ignorions, c'est qu'en fait, les ravages de ce médicament étaient vraiment immenses. Outre une forte dépendance, les crises de manque se soldaient par des pertes de connaissances assez spectaculaires, et toujours quand on ne s'y attendait pas. C'est généralement dans la rue que cela se produisait et c'est le SAMU qui nous ramassait pour nous amener à l'hôpital. Le phénomène Eminoctal avait pris une telle importance que, toutes les nuits, les hôpitaux étaient surchargés de toxicomanes ramassés sans connaissance sur la voir publique. Bien souvent, c'est dans la salle d'attente des urgences que l'on attendait notre réveil. Vu l'ampleur du phénomène, la presse s'en est emparé et le médicament a finalement été beaucoup plus difficile à se procurer, les médecins étant soigneusement surveillés, ainsi que certaines pharmacies. Cela a très bien fonctionné puisque, désormais, il est devenu impossible de s'en procurer.

Alors les toxicomanes sont revenus à leurs premières amours et beaucoup ont repris de l'héroïne ou les cocktails de barbituriques auxquels ils étaient habitués. Retour à la case départ.

Après l'épisode Eminoctal, les dégoûts étaient grands. Physiquement parlant, c'était un désastre dans les rangs des grands toxicomanes. Certains ont fini en hôpital psychiatrique, d'autres souffraient de perte de mémoire : le tableau n'était guère reluisant. Inutile de spécifier que je faisais partie des éclopés de la vague Eminoctal. Mes dents ont commencé à se déchausser ; à la suite d'une altercation avec un autre travesti, j'ai perdu mes dents de devant. J'avais perdu tous les kilos que j'avais pris en prison et j'arborais de nouveau une silhouette plus maigre : cadavérique serait plus exact.

Les différentes personnes qui avaient cru en un moment d'accalmie en ce qui concernait notre toxicomanie, étaient accablées. Lucette a bataillé pour que nous soyons acceptés, Pascal et moi, dans un hôpital — car nous n'avions plus de papiers d'identité ; nous y sommes restés quinze jours. Nos valises en dépôt chez Lucette, le vie d'errance a recommencé de plus belle. De nouveau à la rue, de nouveau paumés, de nouveau désenchantés.

C'est là que s'est mis en place ce que j'appelle le complot d'amour. Les gens qui m'aimaient bien avaient toujours en tête ma période clocharde avant mon incarcération. En voyant que j'en reprenais le chemin, ils se sont ligués pour essayer de me faire comprendre le danger de recommencer une telle vie. Comme à l'accoutumée, je suis resté sourd à leurs avertissements, et c'est eux qui ont pris la décision de me faire revenir chez mes parents, me forçant ainsi à quitter Pigalle, le Bois, la drogue, pour mener une vie normale.

Même si, au début, cela n'a pas été facile, je les remercie maintenant car, grâce à eux, désormais j'ai enfin rencontré ce que je cherchais si mal depuis si longtemps : l'affection, l'Amour, le véritable Amour, celui que l'on donne sans espoir de retour, les valeurs morales. Les membres de ce complot d'Amour m'ont permis de rencontrer des gens merveilleux qui m'ont soutenu et aidé dans les moments durs, qui m'ont donné confiance, et puis, surtout, j'ai retrouvé la foi.

J'essaie, au jour le jour, de ne pas les décevoir et de me montrer digne de la confiance dont ils ont fait preuve à mon égard. Grâce à eux, j'ai trouvé l'équilibre nécessaire et, petit à petit, mes anciens démons me quittent. De mon vécu — expression bien pompeuse quand on sait ce qu'a été ma vie —, au-delà du simple témoignage, j'aimerais faire passer un message d'espoir et de mise en garde. Mise en garde pour les adolescents car ce que j'ai vécu existe encore et, d'après moi, n'est pas prêt de s'arrêter si, dès maintenant, on ne met pas un frein à un certain laxisme et à une soi-disant libération qui entraîne une banalisation dangereuse dans l'esprit des gens.

Non contents de nous sentir concernés, il nous faut, tout comme pour l'environnement, prendre des mesures « écologiques » pour éviter que la pollution sexuelle et affective ne continue à faire des ravages. N'oublions pas qu'à la clef, désormais, se trouve le SIDA, et que ce mal terrible n'est que le résultat d'un laisser-aller moral et physique. L'épanouissement sexuel de l'individu, c'est très bien, mais ne brisons pas certaines barrières morales qui sont des « garde-fous » contre ce fléau. Quitte à passer pour des esprits étroits et moralistes (chose qui nous sera sûrement reprochée), hâtons-nous d'ouvrir les yeux.

Dialogue, donc, avec les jeunes, pour éviter d'en faire de futurs candidats au trottoir. Bien sûr, on se sent toujours très fort quand on aborde ces domaines-là. On pense que c'est bien malheureux mais que, personnellement, on n'est pas concerné. Allez le dire à ma mère ; elle vous répondra certainement qu'elle non plus ne pensait pas que son fils avait le profil idéal d'un candidat à la prostitution. Idem pour la drogue, mais ces deux fléaux vont souvent de paire. Ne l'oublions pas, la drogue est même le meilleur moyen pour arriver à la prostitution. Autant de choses graves qui doivent être prises en considération. Sans passion, simplement par le biais du dialogue, et surtout loin de toute tentative d'analyse tordue et intellectualisée. Les règles sont simples, et une fois bien comprises et acceptées, elles n'ont rien d'austère. Donc, prudence. Mettons de côté les idées reçues et fatalistes, et engageons enfin un dialogue clair, net et le plus précis possible. En un mot, soyons responsables.

Espoir également parce que je n'ai pas le droit d'oublier ces jeunes qui, actuellement, vivent encore ce que j'ai vécu. Je sais que faire la morale n'est pas le bon moyen. Tout ce que j'ai à leur dire, c'est que je ne suis pas une exception ; qu'eux aussi, s'ils le désirent, peuvent changer le cours de leur vie. Je sais qu'ils sont lucides et qu'il y a bien longtemps qu'ils ont perdu tout espoir de retour vers une vie normale. C'est pourtant possible, il existe des gens merveilleux de l'autre côté de la barrière, la vraie vie est derrière cette barrière. Le seul « truc », c'est qu'il faut accepter de la franchir et laisser tomber une attitude infantile et bornée. Il ne faut pas rayer ce qu'a été votre vie jusque-là, car à cause de votre vécu, justement, vous trouverez des gens qui vous aimeront pour ce que vous êtes vraiment, c'est-à-dire des individus à part entière et non pas des marchandises. Si vous franchissez ce cap qui, somme toute, ne demande qu'un peu d'humilité, je vous jure que l'Amour, le vrai, vous le trouverez. Et puis, avec l'expérience que vous avez — le trottoir est une bonne école pour connaître les mœurs de nos contemporains —, riches de cette expérience vous pourrez vous aussi témoigner et aider, pour que d'autres ne soient pas blessés comme nous l'avons été.

De plus, par notre position marginale, nous étions coupés du reste du monde, et je peux vous assurer que beaucoup de nos contemporains n'ont rien à voir, comme vous pourriez le croire, avec les clients auxquels nous avons eu affaire pendant trop longtemps. Mais il y a urgence, c'est rapidement qu'il faut s'en rendre compte et s'organiser.

Mon « PLUS JAMAIS ÇA », c'est aussi le VÔTRE. C'est en quittant ce milieu, avec toute la laideur qu'il comporte (et que vous êtes bien placés pour connaître), que vous pourrez enfin juger en tout état de cause, et apprécier le retour vers une vie normale, qui n'est pas aussi vide qu'on a essayé de nous le faire croire. Le vide, c'était avant... Je ne vous promets pas le Paradis mais je vous propose, en tant que personnes responsables, de connaître enfin les vraies valeurs que pendant si longtemps nous avons ignorées parce que nous avons été victimes d'un engrenage. Vous le savez, il y a le trottoir mais aussi le caniveau. Que vous soyez sur ou que vous soyez dans, il y a la route, la bonne, à suivre. Bonne à suivre et pas, pour autant, triste, loin de là. Il m'aura fallu dix ans de trottoir et d'humiliation pour le comprendre mais je ne regrette rien car, en fait, j'ai trouvé le bonheur, sans artifices, sans idéologie stricte. J'ai connu le quotidien de ce qu'on appelle la masse et, croyez-moi, c'est cent fois plus beau et cent fois plus riche en sentiment que vous ne pouvez l'imaginer.

ÉPILOGUE

Cela fait deux années, désormais, que je suis revenu. Deux années bien remplies et riches à tout point de vue. Ces deux années m'ont amené la paix et la sérénité que je cherchais depuis si longtemps et, surtout, m'ont permis de découvrir ce qu'était vraiment la VIE, ainsi que les valeurs fondamentales que tout homme se doit d'avoir : l'amitié, le respect de soi et d'autrui, le sens du travail, l'importance de la famille. Autant de valeurs que j'avais perdues, occultées, souillées.

Bien évidemment, cette « renaissance » ne s'est pas opérée seule. J'ai eu la chance et, n'ayons pas peur des mots, la grâce d'être épaulé, soutenu. Tous ces gens font partie de ce que j'appelle : les membres du complot d'Amour. Chacun à son niveau, avec ses possibilités, m'a aidé à oublier, à faire table rase de mon passé, en m'acceptant tel que j'étais. Je n'ai pas honte de dire que je suis fier de moi, mais je n'oublie pas que, sans tous ces gens, jamais, je dis bien jamais, rien de ce qui m'arrive n'aurait été possible. Faire oublier dix années d'horreur à quelqu'un n'est pas chose évidente. Réussir à me convaincre que je pouvais, moi aussi, avoir ma place dans ce monde que je ne croyais pas fait pour moi. Je peux citer leurs noms et je le dois d'ailleurs : il y a eu Jacques, Élisabeth, Georges, Françoise, Martine... et tant d'autres que, faute de place, je ne peux citer.

Ma famille tient une place prépondérante dans ma réinsertion ; nos rapports sont presque redevenus normaux : petit à petit, ils le redeviendront car chacun de nous y met du sien.

Certaines personnes, qui faisaient partie de mon ancienne vie, m'ont aidé également à renaître, tant était grande leur joie de me voir m'en sortir. Lucette, bien sûr, que j'ai revue là où je vis désormais et qui a même mangé dans ma famille. Christian qui tente lui aussi de changer de vie et qui, malgré ses problèmes, m'a toujours donné confiance en moi ; et puis, bien sûr, Yvar, avec qui j'ai gardé contact et qui, de son côté, continue son combat pour aider tous les malheureux qui sont toujours à Pigalle. Courage, Yvar...

Mais il est vrai que la rencontre avec Henri Joyeux a été déterminante puisqu'elle est responsable de tout ce que j'ai fait jusqu'à aujourd'hui. Non content de m'apporter l'aide médicale dont j'ai besoin, il m'a donné une chose dont je suis fier, son amitié et son entière confiance. Il m'a aidé à trouver un travail de bénévole qui m'apporte beaucoup et au sein duquel je rencontre des gens passionnants. Il a su me montrer que j'étais capable de choses que je ne soupçonnais pas. En plus, il m'a fait connaître sa famille, au sein de laquelle j'ai été totalement accepté. Pour tout cela je le remercie.

Malgré ma maladie, grâce au contact avec de telles personnes, j'ai retrouvé confiance, pas seulement en moi mais, chose plus importante, en la nature humaine. Un de mes projets serait de monter une structure d'accueil pour recevoir des gens qui, comme moi, seraient en rupture de trottoir, pour les aider comme je l'ai été, afin qu'ils puissent refaire surface. La tâche n'est pas aisée, c'est vrai, mais je suis persuadé qu'elle est possible et ceci, avec votre aide et votre collaboration.

Et puis, surtout, mon souci premier, c'est que plus jamais aucun jeune ne connaisse l'horreur que j'ai vécue. Pour cela, la recette est simple : la prévention, certes, grâce à des livres comme celui-ci ; mais surtout, Vous, parents, j'espère que vous avez compris que de telles choses arrivent, ici peut-être, à côté de chez vous ; alors, de grâce, discutez avec vos enfants, ne laissez pas le vide s'installer entre vous, DIALOGUEZ car un vide bien pire s'installera, pas celui du silence, mais celui du gouffre dans lequel votre enfant sera tombé. Celui de la mort n'est jamais loin... AIMEZ-LES, DIALOGUEZ, AYEZ CONFIANCE EN EUX. Il est vrai que ce n'est pas toujours facile. Le découvrir comme moi, avec dix années d'écart, n'est pas non plus le bon moyen... Que de temps perdu...

Et dites-vous bien que vous n'êtes pas seul. Il existe des lieux, pas les cabinets des « psys », pas une école où l'on enseigne les matières traditionnelles mais une école où l'on apprend à connaître et à respecter son corps et, surtout, son cœur. Des bénévoles s'emploient à répondre à toutes les questions que vous vous posez et ceci, quel que soit l'âge ou les problèmes que vous avez. Croyez-moi, nombre de problèmes parfois douloureux ont été résolus. Cette école est déjà connue par beaucoup de gens, elle doit l'être de plus en plus. C'est l'École de la Vie et de l'Amour *.

Avant de conclure, je voudrais vous parler de tous les « collègues » qui sont morts cette année. Morts seuls, abandonnés, largués par un monde qui ne voulait plus d'eux après les avoir plus que largement utilisés.

Qu'est-ce qui leur a manqué ? L'Amour.

Philippe.

* 29, boulevard du Jeu-de-Paume, 34000 Montpellier, tél. : 67.60.55.71.

POSTFACE

Pourquoi ce livre dans la collection « Écologie Humaine » ?

Ce livre de Philippe, séropositif, est une « petite bombe », un cri de l'amour raté. Tout le monde le sait et pourtant, comme le dit très bien Philippe, « personne n'est à l'abri de ce qui lui est arrivé ». Peu de dialogue avec ses parents, une éducation sexuelle inexistante, une grand-mère peut-être excessivement affective voulant combler ce que les parents ne pouvaient donner...

Philippe démontre que l'amour, le bonheur n'est pas donné à la naissance. Il est à construire, et on ne peut pas le construire tout seul. L'équilibre familial, la bonne entente entre les parents, l'affection exprimée, le dialogue confiant sur les choses de la vie et de l'amour, sont les piliers de la construction d'un homme ou d'une femme. Ce livre permet de se poser une question majeure aujourd'hui : « Qu'est-ce que l'amour ? » Est-ce la petite demi-heure « d'unité d'amour » que l'on vit avec une prostituée, pour assouvir un besoin que l'on ne peut dominer, ou est-ce la recherche éperdue de l'être aimé qui mène à choisir n'importe qui, simplement pour ne pas rester seul, pour éviter la solitude, pour avoir une main à tenir ? Ce livre nous montre qu'un enfant blessé affectivement est un enfant assoiffé d'amour. La carence ne pourra être comblée que par du « suramour ». Malheureusement, ça ne s'achète pas, ça ne se vend pas. Et pourtant tout individu a besoin de son capital d'amour. C'est l'inverse du mensonge, qui n'est, chez l'enfant, que l'art de la dissimulation par peur. Ce livre est un cri pour le dialogue, pour l'information, pour l'affection. C'est une lettre aux pères et mères de famille qui ne comprennent pas leur enfant, qui ne sont pas assez attentifs à tout ce qui le construit et, plus encore, à tout ce qui peut le déstabiliser, le troubler, le renverser.

C'est dur de lire que « le temps perdu ne se rattrape pas » et que « les adolescents en mal d'amour meurent de leur mal d'aimer ». Triste réalité qui permet de mieux comprendre pourquoi « un enfant, ça n'oublie jamais »...

Henri Joyeux
Professeur à la Faculté de Médecine de Montpellier

Achevé d'imprimer en novembre 1991
sur presse CAMERON,
dans les ateliers de la S.E.P.C.
à Saint-Amand-Montrond (Cher)
pour le compte des Editions de l'O.E.I.L.

N° d'imp. 2617.
Dépôt légal : novembre 1991.

Imprimé en France